Avertissement : Vous l'aviez compris, ceci n'est qu'un roman, une fiction, une « pure construction intellectuelle », sortie tout droit de l'imaginaire de son auteur.

Toute ressemblance avec des personnages, des lieux, des actions, des situations ayant existé ou existant par ailleurs dans la voie lactée (et autres galaxies), y compris sur la planète Terre, y est donc purement, totalement et parfaitement fortuite !

À tous les fans de « Charlotte » !

Sur les traces de Charlotte

Chapitre 1er

Je reprends mon récit…

…Au moment où nous débarquons, « Charlotte », alias Paul de Bréveuil, et moi, à Roissy-Charles de Gaulle en provenance d'Athènes.

Je vous ai narré nos « aventures » communes dans le recueil « Alex cherche Charlotte », le « bien nommé », puisque j'aurai passé mon temps à le suivre ou à lui courir après au moins dans la capitale grecque… Un opus publié « à la demande » sous les auspices de son auteur « officiel » qui veut faire « collection », Flibustier75006, sous la haute-autorité d'I-Cube le biographe non-accrédité dont il est le gardien sans compter le « haut-patronage » de Paul de Bréveuil dont il est question[1].

Probablement, mais à ce moment-là je ne le sais pas encore, que vous n'aurez pas les détails de notre voyage à Pétra : c'est comme ça et ce n'est pas moi qui en décide.

Ce sont nos accords et ça fonctionne encore…

Nous sommes sortis de notre avion séparément, lui loin derrière moi.

C'était une « petite manœuvre » inventée sur le champ pour échapper au groupe ADN qui nous attendait à Roissy.

En fait, seulement Anaïs et Noeline.

---

[1] Cf. « Les enquêtes de Charlotte », épisode « Alex cherche Charlotte », aux éditions I[3]

Noeline était persuadée que nous rentrions ensemble, bras-dessus bras-dessous en amoureux.

C'est son fantasme à elle : présumant Paul, son patron, ainsi infidèle à Florence, la mère de leurs enfants, elle s'imagine pouvoir le lui ravir…

Si elle savait : j'ai failli en rire en voyant sa mine déconfite de me voir toute seule.

« *Mais il est où le boss ?* »

Il est rentré par l'avion précédent…

« *QUOI ?* »

Insensé…

Et puis j'en ai rajouté sur la route vers « my sweet-home »…

Quand elle m'a demandé comment ça s'était passé, je lui ai raconté qu'il avait de grandes mains très douces !

« *Et puis, il est bourré de cicatrices !* »

Il fallait voir ses yeux : j'ai cru qu'ils allaient sortir de ses orbites !

Trop drôle…

Une fois à la maison, j'ai pris un bain moussant après avoir donné à manger à mes chats.

Et j'ai rangé mes notes : j'ai plein de choses à raconter, mais il faut les mettre dans l'ordre. Et j'hésite entre un récit « chronologie » et un récit « thématique ».

Le surlendemain, j'ai deux urgences.

Il faut que je rencontre Florence, qu'elle me raconte son vécu avec le père de ses gosses et cette fameuse descente dans le bled algérien et son « extraction ».

Je sais aujourd'hui qu'il s'agit de l'épisode titré « Mains invisibles – tome II[2] » qui fait suite au précédent, un

---

[2] Cf. « Les enquêtes de Charlotte », épisode « Mains invisibles – tome II », aux éditions I[3]

lourd ouvrage du nom de « Mains invisibles » désormais disponible[3], alors que le second est heureusement nettement plus « léger ».

Et il faut également que je fasse une lettre aux autorités compétentes pour les prévenir de l'incendie de la Cathédrale de Paris dont Paul m'a avertie : on ne peut pas laisser faire ça, c'est un monument mondialement connu, comme la Tour Eiffel, qui appartient à tout le monde !

Maintenant que je sais, même si on va me prendre pour une folle, je passe la veille à écrire quelques brouillons et à sélectionner des adresses : la mairie centrale, la préfecture, les pompiers, le ministère de l'intérieur, le ministère des affaires culturelles, Matignon.

Je suis sûre qu'au moins un de ces services prendra les précautions nécessaires pour qu'aucun attentat ne puisse pas se dérouler : on est encore en vigilance renforcée.

Mais aucun ne me répondra, hors la mairie parisienne, pour me faire savoir qu'elle n'est juridiquement pas concernée, mais qu'elle transmet aux services compétents.

Pas d'autres réactions…

Sur le moment en tout cas.

L'heure est plutôt au déroulé des manifestations des Gilets-jaunes et aux heurs et dégradations de quelques casseurs.

Qui profitent de l'occasion ainsi offerte pour aller jusqu'à saccager l'Arc-de-Triomphe !

---

[3] Cf. « Les enquêtes de Charlotte », épisode « Mains invisibles », aux éditions I[3]

Scandaleux !

Là aussi, ça appartient à tout le monde…

J'y vais même faire quelques photos qui ne sont pas très spectaculaires, puisque même avec ma carte de presse, on ne me laisse pas approcher du monument.

Les « Black-blocks » et autres « anti-faf » serviront de parfaits « idiots-utiles » au Président Makarond qui tourne et retourne « les horloges » et l'opinion : fini, au moins provisoirement, le train insensé des réformes, dont celui de la Constitution.

Une affaire bizarre… Paul m'en entretiendra plus tard en mettant le doigt sur quelques coïncidences pour le moins étrange… sinon bizarres.

Si on veut bien comprendre l'exaspération du « petit-peuple », celui qui paye les décisions des ministères qui font la guerre à la voiture sale, qui finance les déplacements de foule ?

Quand il s'agit de la CGT, tout le monde sait qu'ils ont assez de subventions qui arrivent par divers canaux pour louer des cars et des trains aux « militants » appelés à « faire masse ».

Mais des « gueux » qui n'ont même plus de quoi faire le plein de leur voiture en fin de mois, qui les finance ?

Un mystère que la presse laissera bien volontiers de côté…

Et quand les syndicats font cause commune avec les gilets jaunes sur le boulevard Montparnasse, même leur service d'ordre, qui ne manque pourtant pas ni de bras ni d'un savoir-faire séculaire, se laisse déborder.

J'y étais, non pas pour manifester mais parce que je voulais aller à la Fnac-Rennes fouiller ce qu'il y a de disponible pour documenter mon laïus à venir. Depuis la Gare de Lyon, c'est le bus n° 91 qu'il faut prendre, laissant ma voiture à ma gare de départ, sachant les manifestations annoncées.

Je peux affirmer que les CRS, la gendarmerie mobile, laissaient leurs fourgonnettes au milieu des boulevards adjacents (Raspail, Rennes, Port-Royal et probablement Invalides), puisque j'ai fini à pied, trafic de bus interrompu.

Et qu'ils étaient accompagnés de « blousons noirs » en civil, même pas floqués, arrivés en voitures banalisées, casques de moto en bandoulière au bras : des casseurs ou des « voltigeurs » ?

Bref, j'ai fait demi-tour et suis allée à la FNAC-Les-Halles pour trouver quelques bouquins sur les francs-maçons.

Et puis il y a eu la réplique « politique » du président Makarond. De l'argent comme s'il en pleuvait que les « gueux » n'auront même pas vu…

Tout le monde y est allé pour calmer les esprits et remettre les gens au travail dans la perspective des élections européennes.

Et le président de faire son show-personnel durant trois mois : ce gars-là fait décidément très fort !

Il paye de sa personne en un marathon qu'aucun autre n'aurait jamais pu faire et en plus, il a réponse à tout : incroyable !

Comme au grand-oral de l'ENA…

Ce qui ne l'a pas empêché de passer second derrière le Rassemblement National aux élections suivantes : un désaveu, mais seulement d'un cheveu, pas « une claque ».

Le RN fait même moins bien qu'au second tour des présidentielles. En revanche, c'est une sévère déculottée pour tous les autres partis, hormis les écologistes qui, sans faire de bruit, dépassent les partis de gouvernement traditionnels.

Qu'en diraient les « mains invisibles » de Paul ?

Un scrutin qui les aura tous laminés, la droite républicaine faisant son plus mauvais score depuis des années, et l'extrême gauche devenue inexistante au profit des écologistes arrivés troisième en termes de score, on n'avait pas vu ça depuis des années.

L'avenir de notre moine « Jean de Jérusalem », sera-t-il écologique ?

Probablement : d'ailleurs j'ai voté pour eux…

Avant Noël, j'ai vu débarquer les gendarmes de ma brigade territoriale chez moi. Mes petits courriers aux ministères auront-ils fait leur effet, finalement ?

Pas du tout : c'était une « visite de courtoisie » et ils vérifiaient si j'étais saine d'esprit et n'avait pas de problème particulier.

C'est moi qui leur ai posé la question de ces fameux courriers.

« *Oui, oui. Ils sont bien arrivés. Mais toutes les mesures ont déjà été prises pour assurer la sécurité du bâtiment et de ses visiteurs. C'est évident.* »

Même pas une question ni sur la date du mois d'avril (comment savais-je ce détail pour l'heure hypothétique ?), ni sur l'origine de mon information que je leur donne : Paul de Bréveuil, ce qui aura des conséquences inattendues.

Mais sur moment, ils n'en ont rien à faire.

Et pas plus au mois d'avril.

C'est seulement quand je rentre, au mois de mai, qu'ils se réveillent, ce qui me permettra de prendre contact avec la juge Trois-Dom et l'ex-contrôleur général

Scorff, à la retraite, de vieilles connaissances de « Charlotte » qui éclaireront mon sujet de biographie…

Ce jour-là, j'étais aux Îles Chagos chez Paul avec Florence et leurs gamins et puis j'ai suivi ça comme tout le monde à la télévision, en mondovision et en pleine nuit, réveillée par la télé du bord. Paul avait veillé et était en relation avec le serveur de la Cisa.

La « forêt » – 1.300 chênes abattus sur 21 hectares –, qui constituait la charpente de la cathédrale, s'est consumée en une poignée d'heures.

L'horreur.

On a tous suivi ça en direct, impuissants.

Au matin tropical, Paul, devant son jus d'orange et son café noir, a posé « son » diagnostic : « *Un super-zombie ! On ne le voit qu'une poignée de minutes. Les russes n'y sont probablement pour rien.* »

J'imagine la tête des responsables du FSB, s'ils avaient lu le rapport du Capitaine Igor, s'imaginant devoir répondre d'accusations infondées : Paul l'avait prévenu que « les autorités » savaient !

« *Je vous l'avais dit. Il y aura un « avant » et après rien ne sera plus jamais pareil !*

Juste à la fin du « Grand débat ». Vous verrez, ils vont reconstruire avant l'ouverture des JO et l'Île de la Cité va devenir un vaste parc d'attraction touristique. »

Moi, j'ai vu en direct la flèche de Violet-Leduc s'effondrant dans les flammes et répandant son plomb en de mortelles poussières sur les chaussées et immeubles alentour.

« *Florence, tu éviteras les abords pendant quelques temps. Il y a des risques de saturnismes jusqu'au mois d'août pour les enfants.* »

Et pour aller où ? Non « *ce n'est pas ce qu'elle voulait dire...* »
Elle ira chez ses parents...

Quand même dommage, juste le lendemain de la célébration de la fête des Rameaux, l'entrée du Christ à Jérusalem et dans « Sa Gloire » : la flèche centrale comprenait justement trois reliques inestimables du haut de ses 93 mètres. Un fragment de la couronne du Christ, ramené d'une des croisades, une relique de Saint Denis, premier évêque de Paris, et une autre de Sainte Geneviève, patronne de la capitale...
Parties en lumière et poussière !
Immédiatement, les pompiers pensent que les flammes pourraient être parties des échafaudages installés pour les travaux de réfection de la cathédrale, déjà fragilisée avant l'incendie.
Le patron du chantier aura pourtant affirmé qu'aucun ouvrier n'était sur l'échafaudage ce soir-là.
Ce qui est vrai : pas d'activité sur le chantier pendant la semaine pascale.

Et par conséquent et heureusement, aucun blessé, pas une victime de ce sinistre à déplorer : elle a fait ça, proprement, spectaculairement, mais « proprement », la Cathédrale !
Une des plus anciennes encore debout sur le territoire national.
Il est des mystères inexplicables : un chalumeau resté « en veille » tout le week-end ?
Un attentat ?
L'origine de l'incendie reste inconnue, mais les pompiers ont indiqué que les flammes avaient pris dans les combles de la cathédrale. Elles semblent être parties

des échafaudages installés sur le toit de l'édifice, construit entre le XIIème et le XIVème siècle, du bois bien sec.

Trois mois plus tard, les flics de la scientifique en sont certains, il n'y pas l'ombre d'une trace de tentative d'attentat dans l'incendie de la cathédrale des parisiens !

Mes courriers sont restés lettres-mortes jusque-là…

« *Je vous avais dit que vous n'empêcheriez rien* » la ramènera Paul.

« *Mais ne vous en faites pas : ils sauront mais ne voudront pas faire de vague en ce moment. Ça viendra plus tard.* »

À quoi fait-il allusion ? Je n'en sais rien sur le moment.

Il n'y a pas eu de revendication, tout juste un incendie accidentel mineur au même moment aux abords de l'esplanade de la Mosquée à Jérusalem qui n'a apparemment rien à voir, même si je ne peux faire autrement que de faire le rapprochement avec notre moine Jean, celui qui m'a mis une main aux fesses, et la prise de Jérusalem par les croisés.

Il faut dire que les choses restent simples.

Chapitre 2ème

Comment débute un incendie ?

La cathédrale Notre Dame-de-Paris, construite entre les XIIème et XIVème siècles avait été restaurée au XIXème.

Elle n'avait jusque-là jamais été touchée par un incendie, alors que les départs de feu dans les églises étaient fréquents avant l'invention du paratonnerre au XVIIIème siècle.

L'électricité (source d'énergie inépuisable) n'avait jamais été installée dans la charpente (surnommée « la forêt ») justement pour éviter les risques d'incendie.

Mais on saura qu'en 2016, Paolo Vannucci, professeur d'ingénierie mécanique à l'université de Versailles, étudie pour le CNRS les risques d'incendie de Notre-Dame de Paris, notamment dans l'hypothèse d'un attentat terroriste.

Son rapport, qui signale la nécessité de remédier à la quasi-inexistence de systèmes de protection de la toiture contre l'embrasement, est classé « Confidentiel-Défense » par le gouvernement d'alors au motif qu'il contient justement des informations susceptibles d'inspirer des incendiaires.

Il semble qu'en dépit de discussions entre les auteurs de l'étude et le CNRS, le rapport n'est pas utilisé.

Ce jour-là, et d'après une enquête de journalistes, plusieurs employés de l'entreprise de sécurité Elytis, chargée de surveiller la cathédrale, avaient alerté sur des défaillances depuis plusieurs années. Ainsi, à partir de 2014, il n'y avait qu'un seul agent au PC sécurité de Notre-Dame, chargé à la fois de l'écran de surveillance et de la ronde sur le terrain, contre deux précédemment. Ces employés successifs ont également critiqué l'impossibilité de s'entraîner à monter en haut des tours et de faire les rondes de prévention nécessaires.

De plus, le PC sécurité n'aurait pas toujours été tenu au courant des travaux en cours.

Des incidents sont reportés, comme : « *Le 18 mai 2015, à 13 h 45, le chef d'équipe s'étonne que des travaux de point chaud aient été effectués sans permis feu* ».

Un agent de la cathédrale assure que « *personne n'allait vérifier le chantier après le départ des ouvriers* », alors qu'il s'agit d'un impératif sur ce type de travaux en l'absence de caméras thermiques.

Bref, des « points faibles » qui deviendront catastrophiques.

Officiellement, l'incendie s'est déclaré le lundi 15 avril 2019 vers 18 h 15. Le départ du feu se situe dans la charpente, à la base de la flèche constituée de 500 tonnes de bois et 250 tonnes de plomb, qui surmonte la croisée du transept et culmine à 93 mètres.

D'après les pompiers, les flammes sont apparues au niveau des échafaudages installés sur la toiture et se sont propagées extrêmement vite, atteignant l'ensemble du toit et détruisant la charpente, la plus vieille de Paris pour les parties de la nef et du transept.

Et d'après les informations du procureur de la République de Paris, une première alarme incendie survient à 18 h 20, soit cinq minutes après le début de la messe du chanoine Jean-Pierre Caveau, qui commençait la lecture de l'Évangile. Une procédure de levée de doute s'ensuit.

L'hypothèse d'un défaut informatique sur le boîtier de commande des agents de la sécurité de l'édifice sera par la suite avancée, avant d'être finalement écartée.

Pendant ce temps, une sonnerie se fait entendre dans la cathédrale, entrecoupée par des messages en français et en anglais, demandant à tous les visiteurs et fidèles présents dans l'édifice de rester calmes et d'évacuer le bâtiment au plus vite.

Croyant à une fausse alerte ou à un dysfonctionnement du système de sécurité-incendie, les personnes présentes restent sur place pendant quelques minutes avant d'évacuer les lieux par le portail central et par la sacristie pour les membres faisant partie de l'équipe du personnel.

Cette première alerte a retenti grâce au déclenchement automatique d'un détecteur de fumée dans la cathédrale.

Un employé de sécurité se rend alors dans les combles de l'édifice, sans constater le moindre incident, ce qui pourrait conduire à l'hypothèse d'une erreur humaine lors de la levée de doute.

Un peu plus tard, à 18 h 43, une seconde alerte se déclenche, et l'employé découvre des flammes au niveau de la charpente après s'être rendu à un autre endroit.

Peu de temps après, à 18 h 50, un filet de fumée provenant de la zone de travaux commence à s'échapper du toit.

Les premiers pompiers, arrivés quinze minutes plus tard, ne parviennent pas à maîtriser le feu et demandent des renforts importants.

À 19 h 50, la flèche s'effondre.

Le feu semble alors diminuer progressivement en intensité, malgré de réguliers embrasements silencieux qui doublent brusquement la hauteur des flammes et libèrent un volumineux panache de fumée jaune.

Après un léger apaisement, des flammes resurgissent à 20 heures.

Plus tard, l'ancien architecte en chef des monuments historiques chargé de la cathédrale de 2000 à 2013, qui a encadré la dernière mise à jour du dispositif de détection incendie, déclare : « *Il fallait très peu de minutes pour qu'un agent aille faire la levée de doute. Nous avons fait remplacer de nombreuses portes en bois par des portes coupe-feu. Nous avons limité tous les appareils électriques, qui étaient interdits dans les combles ; la protection incendie avait été portée « à son plus haut niveau ».* »

Il émet également des doutes sur la cause de l'incendie, ses propos étant confirmés par un expert anonyme du secteur de la construction selon lequel « *l'incendie n'a pas pu partir d'un court-circuit, d'un simple incident ponctuel. Il faut une vraie charge calorifique au départ pour lancer un tel sinistre. Le chêne est un bois particulièrement résistant* », et par des artisans connaisseurs de la cathédrale, selon lesquels « *le bois des charpentes était dur comme de la pierre, vieux de plusieurs siècles* ».

Sauf que le bois, ça brûle.

On s'en sert même pour cuire les aliments et se réchauffer depuis la maîtrise du feu par « homo sapiens-sapiens »… il y a quelques années de ça.

La puissance de l'incendie atteint des proportions exceptionnelles. Un calcul très approximatif, partant du principe qu'un feu de charpente en bois dégage une puissance de 1 MW/m^3 et qu'au paroxysme du feu, 50 % des quelques 6.500 m^3 des combles étaient engagés dans l'incendie, on arrive alors à une estimation de la puissance maximale à 2.500 MW. D'une autre manière, toute aussi sommaire, il est possible de considérer que les 1.000 tonnes de chêne produit 17,5 MJ/kg par combustion.

Si, au paroxysme du feu, qui a duré une heure sur les quatre de l'incendie, la moitié de la masse combustible a été consumée, on obtient une puissance maximale de 1.800 MW. Ces deux puissances calculées, très similaires, sont à comparer avec celle d'un feu généralisé d'appartement qui dépasse rarement les 2 à 5 MW, ou celles retenues pour le dimensionnement des tunnels routiers, 30 MW pour un poids lourd, 200 MW pour un camion-citerne plein d'essence.

Il est alors possible d'imaginer, sachant qu'une lance d'incendie standard de 500 L/min qui permet d'absorber théoriquement 20 MW (par échauffement et vaporisation de la totalité de l'eau), qu'il aurait fallu disposer de plus de 120 lances à efficacité parfaite pour maîtriser le feu... chiffre à quadrupler pour coller à un cas concret.

Mission impossible avec seulement... 18 lances !

Le parquet de Paris ouvrira une enquête pour « destruction involontaire par incendie », afin de déterminer les causes du sinistre.

Ce n'est donc pas, très officiellement et dès le départ, un incendie criminel.

L'enquête est confiée à la police judiciaire de Paris.

Le préfet de police a institué, par l'arrêté n° 2019-00371, un périmètre de sécurité autour de la cathédrale au sein duquel le séjour des personnes est réglementé jusqu'au 22 avril 2019. Le 21 avril 2019, le même préfet de Police, dans un nouvel arrêté, abroge le précédent et fixe un nouveau périmètre de sécurité jusqu'à nouvel ordre.

Au lendemain du sinistre, le procureur de la République de Paris indique que « *rien ne va dans le sens d'un acte volontaire* », privilégiant ainsi et toujours la piste accidentelle.

Et je ne suis toujours pas entendue…

Six jours après l'incendie, on nous fait savoir que « *les enquêteurs restent prudents sur les circonstances du départ de feu, même si la piste d'une défaillance électrique est privilégiée. L'hypothèse d'un acte volontaire, comme celle d'un dysfonctionnement informatique, est écartée* ».

Curieux : on nous racontait jusque-là qu'il n'y avait pas d'électricité dans cette partie-là du bâtiment…

Quant à l'informatique, elle a bien fonctionné lançant ses messages d'évacuation : ce sont les hommes derrière leurs écrans qui ont été un peu lents à la détente…

Autrement dit, les véritables causes de l'incendie ne sont pas et ne seront jamais connues.

L'hypothèse de l'accident de chantier est envisagée. Oui, mais ils avaient déjà tous évacué depuis un bon moment, rotation de la journée terminée.

Alors comment un incendie peut-il se déclarer après le départ des ouvriers ?

Dès lors, les fausses nouvelles ont été abondantes sur les réseaux sociaux que les médias relatent pour tenter d'enrayer leur propagation. Certains sites expliquent qu'il y a un lien avec l'incendie de la Mosquée al-Aqsa à Jérusalem qui a eu lieu au même moment. Des internautes estiment que cet incendie est dû à un complot, partageant parfois sur les réseaux sociaux des vidéos censées démontrer que le vieux bois ne brûle pas.

Mais si ça brûle, bande de nains : j'en mets même dans ma cheminée !

Évidemment, pas avec une simple allumette ou un briquet : il faut le faire chauffer bien longtemps avant.

Les enquêteurs ont d'ores et déjà commencé à recenser et à interroger les personnes qui travaillaient sur le chantier de ce monument historique, d'où le feu semble être parti.

En effet, depuis avril 2018, une nouvelle série de travaux de rénovation avait été lancée.

Des échafaudages en métal avaient été installés afin de faciliter l'accès notamment à la flèche de la cathédrale qui souffrait de problèmes d'étanchéité, et menaçait de ce fait de détériorer la structure de la charpente en-dessous, flèche désormais détruite par les flammes.

Mais qui comptait des moteurs électriques pour animer ses cloches : moteurs qui ont fonctionné tout-à-fait normalement à 18 heures.

Les causes exactes de cet incendie peuvent-être multiples, et sur les chantiers, elles sont hélas assez fréquentes.

« *Les chiffres de la Brigade de sapeurs-pompiers de Paris sont édifiants : un incendie de chantier se déclare tous les trois jours depuis janvier 2014* », chiffrait le chef de département direction technique fédération française du bâtiment, dans un colloque consacré aux risques incendies en cours de travaux en 2014.

Il peut s'agir d'un acte de malveillance, pour, par exemple, dissimuler un larcin.

Mais dans 25 % des cas, il s'agit d'un problème d'origine électrique. Une installation électrique vétuste, des branchements trop nombreux via des prises multiples, un éclairage défectueux sont autant de sources potentielles d'échauffement ou de court-circuit.

Et c'est sans compter les ascenseurs et monte-charges qui parsèment ces chantiers « hors-sol ».

C'est un tel court-circuit électrique qui a provoqué, fin août 2015, l'incendie dans le centre commercial Vill'Up à Paris. Ces étincelles ou cet échauffement fournissent alors l'énergie nécessaire pour amorcer une combustion. Mais les sources les plus fréquentes d'un départ de feu (30 à 40 % des cas) sont généralement des travaux réalisés « par points chauds ».

C'est-à-dire des opérations telles que de la soudure ou de la découpe générant des flammes, des étincelles ou de la chaleur.

Cette chaleur très localisée mais très importante permet alors à la matière située en dessous d'atteindre son « point d'éclair ».

La matière inflammable commence alors à émettre des gaz que l'on appelle « gaz de pyrolyse ».

Certains matériaux ayant une grande capacité à accumuler cette chaleur initiale, ils continuent pendant plusieurs heures à relâcher ces gaz qui s'accumulent de manière silencieuse.

Ils ne prendront feu que lorsqu'ils seront en contact avec une quantité suffisante d'oxygène de l'air. C'est la raison pour laquelle de tels feu peuvent se déclarer plusieurs heures après que les travaux par point chaud aient été effectués.

Ce qui signifierait qu'en réalité la tragédie avait commencé bien avant les premières fumées…

Et de nous préciser que c'est un incendie de ce type qui s'est déclaré en juin 2015 dans la basilique Saint-Donatien-et-Saint-Rogatien à Nantes. À l'origine du départ de feu, des travaux de soudure au chalumeau durant des opérations visant à régler un problème d'étanchéité sur la toiture.

En 1972, un incendie s'était déclaré sur la toiture de la cathédrale de Nantes, à cause d'un chalumeau laissé allumé par un ouvrier du chantier.

Même si rien de tel est constaté ou avéré sur les toits de Notre-Dame de Paris…

Chapitre 3ème

Plus rien de sera jamais comme avant

Et puis plusieurs vidéos circuleront sur internet et interrogent sur la présence d'une forme suspecte qui se déplace sur le toit de la cathédrale avant l'incendie, et pointent un étrange flash lumineux. Est-ce l'éclat d'un briquet, d'une allumette, d'un chalumeau, le reflet du soleil sur un objet métallique, un engin pyrotechnique, se demande l'auteur de la vidéo ?

D'après la source annoncée, viewsurf.com qui propose des vidéos en direct de divers endroits du monde, des images – très floues – ont été filmées le 15 avril à 17 h 05.

En réalité, il s'agit d'un reflet d'outil d'un des ouvriers encore sur place à ce moment-là et il est situé assez loin de la base de la flèche.

Et puis, cette vidéo n'est pas celle que j'ai pu voir peu après l'incendie : prise de la Tour Montparnasse, on y voyait une silhouette s'engouffrer « dans la flèche » arrivé depuis les échafaudages, en ressortir vivement, y retourner, en ressortir une deuxième fois et disparaître après qu'un éclair de « chaleur et de lumière » détonne depuis l'intérieur de ladite flèche.

Première anomalie…

Ce lundi-là une seule équipe travaillait sur la cathédrale et c'était celle d'Europe Échafaudage. D'après le chargé de communication de la compagnie d'assurances AXA pour le compte de l'entreprise, des ouvriers étaient bien encore présents sur le chantier de restauration des parties hautes de la flèche à ce moment-là.

Ils ont commencé à quitter les lieux à 17 h 20, heure exacte de la première alarme, et à 17 h 50 ils étaient tous partis. La silhouette qui apparaît sur la vidéo peut donc bien être celle d'un ouvrier.

Probablement.

Mais alors, eux qui étaient sur place, ils n'auraient rien remarqué de suspect ?

Seconde anomalie…

Seule certitude : aucun outil de soudage, aucun chalumeau, aucun « point chaud » n'était présent sur le site. Une caméra, directement pointée sur la flèche, avait été installée pour suivre l'avancée des travaux et « *des photos ont été prises toutes les dix minutes à partir de lundi 14 heures et l'appareil photo a été confié à la brigade criminelle* ».

Pas une seule trace de ces prises de vue, ni dans les rapports d'enquête intermédiaire ni encore moins sur Internet.

« *Oui, c'est avec cette technique-là qu'Aurélie nous aura mis sur la piste des bijoux volés à la Guilde des Orfèvres dont je m'occupais à Calvi, il y a longtemps de ça. Mais elle prenait une photo toutes les minutes, elle… et en argentique !* » m'indiquera Paul[4].

Dernière anomalie…

Pas de preuve (ou seulement occultée), pas de mobile, pas de revendication, on parlera d'un « accident

---

[4] Cf. « Les enquêtes de Charlotte », épisode « Le feu », à paraître aux éditions I[3]

» de chantier et on désignera une compagnie d'assurance pour venir participer à la reconstruction en plus des innombrables dons promis (mais pas tous reçus) qui ont afflué dans les premiers moments de sidération.

Le bon peuple sera ravi et, grâce à une loi d'exception votée à l'été, on aura une cathédrale flambante-neuve et « sécurisée » pour l'ouverture des JO.

Comme la charpente neuve sera probablement en acier ou en béton-performance[5], la flamme olympique pourra même y faire un tour sous les objectifs de télé du monde entier en toute sécurité !

Oui mais, oui mais…

Le gars qui s'y est repris à deux fois pour faire péter son engin incendiaire, probablement quelques heures plus tôt alors que le chantier était désert, engin qui aura fait « couver » son feu jusqu'au départ des ouvriers du chantier, il est où ?

« *Peut-être en Russie… ou ailleurs, voire dans une autre époque…* »

Et pourquoi, si c'est un attentat, personne ne l'aura revendiqué ?

« *Vous le savez bien, jeune Padawan, l'explication est forcément trop complexe pour une intelligence du IIIème millénaire.* »

Parce que c'était écrit ?

« *Parce que c'est comme ça : on n'y peut rien.* »

C'est comme ça depuis la nuit des temps…

Et ce « super-zombie » là, c'est quoi au juste ?

« *Il suffit d'un coupe-circuit pour le déplacer ailleurs et à une autre époque instantanément, vous le savez bien, Alexis.* »

J'en ai fait l'expérience à mon corps-défendant[6]…

---

[5] En réalité, elle sera probablement refaite « à l'identique », à partir de 2022, en bois ignifugé…

À condition de disposer d'un relai spatio-temporel à proximité : « *Il était où ce jour-là ?* »
Paul n'en a pas la trace dans le ciel parisien pourtant clair ce jour-là.
« *Peut-être un autre procédé, je ne sais pas…* »

En bref, la charpente est tombée et c'est miracle, aidé par les pompiers, que la tour qui abrite le Bourdon, qui autrefois sonnait à la volée la libération de la ville, les armistices, où le glas pour les présidents défunts (y compris Tiersmirant… Giclard-Des-Tains s'en passera probablement tout comme Rackchi…) : derrière les pierres, il y a une charpente en bois, sur laquelle elle repose et qui peut encaisser et amortir les vibrations de la cloche sans faire osciller la maçonnerie de la tour par résonnance.
Probablement que ça aurait provoqué la démolition de la tour Sud si le Bourdon s'était retrouvé à terre…
Mais non, même la voûte a tenu, hors en-dessous de la flèche.
Toutes les pierres sont restées debout.

Le monument historique le plus visité d'Europe allait déjà mal avant cet incendie. Des gargouilles s'étaient partiellement effondrées, tout comme certaines gouttières médiévales, les arcs qui soutiennent la voûte faiblissaient et certains murs s'étaient fissurés… La liste des travaux à mener d'urgence était longue, et l'État (c'est lui le propriétaire) ne parvenait pas à fournir seul les fonds nécessaires.

---

[6] Cf. « Les enquêtes de Charlotte », épisode « Alex cherche Charlotte », aux éditions I[3]

En 2017, la cathédrale cherchait déjà des mécènes, dont une partie aux États-Unis, pour financer les travaux qui ont débuté à l'été 2018.

Le montant de ces travaux devait atteindre 150 millions d'euros sur 30 ans.

Plus de trois fois moins de temps pour que la Sagrada Família de Barcelone ne soit terminée…

Les travaux avaient commencé par la flèche, entourée d'échafaudages (qui semble-t-il ont tenu malgré la température pour finir « soudés ») depuis plusieurs mois. Cette même flèche, culminant à 93 mètres de haut, s'est effondrée sur elle-même peu avant 20 heures (heure locale) ce lundi soir, et en mondovision !

Une belle torchère.

« Je pense qu'on n'a pas mis les moyens qu'il fallait pour l'entretenir. Les travaux en cours avaient fini par être lancés et il était grand temps, et peut-être même un peu tard. J'étais montée voir au pied de la flèche (avant le début des travaux) et il y avait des pierres disjointes, retenues par une grille pour empêcher qu'elles tombent » aura déclaré l'historienne Claude Gauvard à l'AFP.

« Le problème de Notre-Dame, c'est qu'elle relève de plusieurs juridictions : l'Archevêché, la ville de Paris, les monuments historiques, etc. Ce qui rend son entretien encore plus compliqué. »

Et ce qui reste navrant, ce sont les réactions, entre Trump qui a jugé « terrible » d'assister à l'impressionnant incendie et de balancer qu'il fallait « *agir vite* » !

« C'est si terrible d'assister à ce gigantesque incendie à Notre-Dame de Paris. Peut-être faudrait-il utiliser des bombardiers d'eau pour l'éteindre ».

Il n'a jamais vu les effets sur une construction que de se prendre trois tonnes de flotte d'un coup, ce n'est pas possible autrement : les Canadairs sont de toute façon trop loin et ils ne bombardent jamais un bâtiment, mais seulement ce qu'il y a autour !

Les internautes ne s'y sont pas trompés : « *Le mec pense que les Canadair sont en route depuis l'Étang de Berre* » ; « *Sans compter qu'une décharge de Canadair pulvériserait ce qui reste de l'édifice* » ; « *Larguons à l'aveugle des tonnes d'eau depuis 100 mètres de hauteur sur une zone habitée* », ironise-t-on.

Ou encore « *Trump est apparemment un expert pour combattre les flammes dans les cathédrales à l'étranger, mais quand il s'agit d'incendie en Californie, il ne veut pas s'en occuper* », a encore renchéri un Américain.

Plus intelligente son épouse-encore-légitime aura confié avoir le « *cœur brisé* » pour les Parisiens. « *Je prie pour que tous soient sains et saufs* ».

Et puis ce n'est pas seulement les « parigots » qui ont mal, mais la plupart des provinces et même l'Unesco et son patrimoine mondial…

Le Maire de London, dit se tenir au côté de Paris « *dans la tristesse* ».

« *Scènes déchirantes de la cathédrale Notre-Dame en flammes. Londres est dans la tristesse avec Paris aujourd'hui, et dans l'amitié toujours.* »

Quant à la chancelière allemande, justement, elle aura affirmé que la cathédrale Notre-Dame de Paris constituait un « *symbole de la France* » et de « *notre culture européenne* ».

« *Ces horribles images de Notre-Dame en feu font mal. Notre-Dame est un symbole de la France et de notre culture européenne. Nous sommes avec nos pensées avec les amis français* ».

Le président Makarond, astreint au silence par l'événement, alors que circule déjà la cassette préenregistrée de son intervention télévisée de « sortie de crise » des Gilets-jaunes – qu'il en sera quitte pour faire une conférence de presse-marathon un peu plus tard – s'est rendu sur place accompagné de son Premier Ministre, privé de « fulgurance-grand-débat », pour partager l'« *émotion de toute une nation* ».

Que c'était beau…

Le Ministre de l'intérieur et des cultes exprimait seulement son « *soutien et sa solidarité avec les Pompiers de Paris* ».

Le Ministre des finances s'est dit « *totalement bouleversé par l'incendie de Notre-Dame-de-Paris : notre histoire millénaire, notre mémoire, notre culture touchées au cœur* ».

Quant à la ministre de l'égalité et de la parité, elle aura fait le minimum syndical : « *Les images de Notre-Dame de Paris en flammes brisent le cœur… C'est notre patrimoine culturel et historique à tous qui brûle devant nou*s (…) ».

Et comme tous les autres, avec cette même pensée émue pour les pompiers…

Mais le plus lyrique aura été le encore Président des Républicains : il dit sa « *désolation en voyant partir en fumée ce symbole de nos racines chrétiennes, de la littérature de Victor Hugo. C'est toute une part de notre Histoire, de nous-mêmes, qui brûle ce soir* ».

Oublie-t-il « C'était le temps des cathédrales / C'était un nouveau millénaire », la comédie musicale ?

Et puis aussi sec, le pognon…

On parlait déjà de reconstruction et de « cagnotte » ouverte pour nous faire les poches.

Eh oui, l'État est son propre assureur, mais il n'en a pas les moyens, comme EDF et ses centrales nucléaires. « *Il est encore prématuré pour avoir une évaluation précise des dégâts. La flèche qui représentait une forme d'accomplissement s'est effondrée, et ce ne sera plus jamais la même.*

Heureusement, quelques statues avaient été retirées ces derniers jours, cela préservera une partie du patrimoine. Reconstruire Notre-Dame de Paris c'est un véritable défi, mais elle ne pourra plus jamais être la même. C'est vraiment la fin d'un âge pour cette cathédrale. »

Ils avaient été prévenus : plus rien ne sera jamais comme avant après ce 15 avril 2019 !

Chapitre 4ème

Mylène et le « New-Vox »...

Pour en revenir à la chronologie de mes recherches de biographe, après avoir récupéré un peu de mes voyages à suivre « Charlotte » pour pouvoir « témoigner », conformément à ma mission, j'ai pris langue avec quelques personnes « recommandées »...
Chronologiquement, la première a été Mylène Tradoire, tenancière d'un moulin-à-eau posé le long du Cher, transformé en auberge-restaurant de charme. Et la seconde sera l'épouse de Paul, épouse... la mère des gosses de Paul, Florence Chapeuroux. Ce qui tombe plutôt bien parce que c'est elle qui aura aménagé le site de Mylène.
L'une et l'autre sortent de toute façon de l'ordinaire.

Mylène penche vers la soixantaine, un peu déformée par les années qui passent, disons qu'elle reste à avoir une silhouette... empâtée, voire généreuse, dotée d'un regard bleu-acier perçant, surmontée d'une touffe de cheveux presque crépus qui donne l'impression d'une galette posée sur son crâne ou plutôt d'un Ocedar.
Elle reste volubile et fort aimable dès la première approche : je suis son invitée et elle me fait faire le tour du propriétaire dans le même élan, toutes affaires cessantes, comme elle aura l'occasion de me faire savourer sa cuisine « de terroir » : goujons, truites, sandres, brochets en sauces délicieuses, ses pâtés

forestiers et ses viandes de gibiers goûteuses, ses fricassées de légumes « aux petits-oignons » et naturellement ses plateaux de fromage autour de la vedette du pays, le Celle-sur-Cher.

Un régal.

J'avoue que ses pâtisseries et autres desserts restent très appétissants et sont sûrement succulents, mais la plupart du temps, j'étais largement rassasiée en arrivant là à ce stade des généreux repas servis et j'ai dû y renoncer à chaque fois.

Si je n'ai pas pris trois kilos pendant mes courts séjours chez elle, c'est bien le diable…

Une belle demeure, avec, derrière la réception organisée autour de la lourde meule à moudre le grain, une salle de restaurant et une terrasse à clairevoie attenante donnant sur le Cher qui paresse sous les pieds d'un côté, et ses cuisines de l'autre.

Des chambres au premier et second étage, plus un second bâtiment situé dans la cour gravillonnée où gît une charrette ancienne et quelques tonneaux, qui aurait servi de grenier à grain et farine dans les temps.

Désormais, il accueille une cave à vin et deux paires de chambre à l'étage… pour le personnel.

En revanche, du moulin, il ne reste que la roue à aubes et la lourde pierre ronde à écraser les grains en farine, située à la réception, en face de l'escalier.

L'ensemble est mignon, plein de charme avec ses saules-pleureurs, finement agrémenté de décors campagnards et la lumière joue harmonieusement de ses reflets changeants sur l'eau du fleuve – qui n'est pas navigable à cet endroit : on peut même traverser le Cher à pied en se mouillant jusqu'à la taille, ou taquiner la truite, armé de cuissardes. C'était un passage de la ligne de démarcation dans les années quarante – et les arbres, quelques peupliers, des acacias et plusieurs magnifiques saules-pleureurs rajoutent au côté « petit-paradis » de l'endroit !

Mylène a connu Paul quand il n'était encore qu'adolescent.

« Il débarquait de l'Est avec la choucroute de sa grand-mère pour venir étudier à Paris, au Lycée Louis-le-grand. Mignon, belle gueule, grand, bien foutu… et puceau. »

C'était dans les années 1990. *« Il devait avoir 15 ou 16 ans, mais on lui en donnait déjà plus de 18 ou 20. Un beau mec avec un peu de poils au menton. »*

Elle était cuisinière dans l'hôtel-restaurant de la tante Jacqueline, la veuve propriétaire du bâtiment.

« Jacqueline avait hérité, de par son mariage avec le propriétaire, le Colonel De Bréveuil que je n'ai pas connu, d'un bel hôtel particulier en plein Paris.

Comme Jacqueline, à part faire deux filles, Sylviane et Josiane, ne savait rien faire d'autre de ses dix doigts, elle s'est lancée dans l'hostellerie cornaquée par son amant de remplacement, un dénommé André rencontré dans les Vosges et déjà restaurateur lui aussi, ou autre chose du même genre. Et j'ai été embauchée comme cuisinière à ce moment-là. »

Paul n'est arrivé que plus tard : *« Ma fille était déjà grande… »*

Suit alors un blanc que je n'ose pas interrompre…

On ressent ou de la tristesse ou du remord…

Et elle reprend.

« J'ai cru comprendre que Paul avait un frère, avocat je crois : il est déjà venu ici. Celui-là a été recueilli par leur grand-père, Charles, alors que Paul a été pris en charge par sa grand-mère maternelle après le décès de leur père et la dépression de leur mère.

Une histoire compliquée dont une des étapes a eu lieu ici quand Paul a recroisé un des protagonistes de cet épisode-là ici-même, et qui n'était autre que le maître d'œuvre retenu par Florence pour mes travaux.

Comme Paul était un élève brillant, il a intégré le lycée d'élite de la capitale rien que sur dossier, ce qui l'aura conduit jusqu'à polytechnique. »

Et même au-delà…

« Il a donc été accueilli et logé au grenier, dans les combles. En échange du toit et de ma pitance, il nettoyait la salle à manger des restes du dîner et la préparait pour les petits-déjeuners du lendemain.

Un lève-tôt. Et un couche-tard. Je ne sais pas comment il faisait : une sacrée santé !

Parce qu'entre ses cours, ses vacations pour passer son brevet de pilote et ses autres activités nocturnes, il fallait avoir la santé. »

Quelles activités nocturnes ?

« Oh c'est à lui de vous raconter. Je ne voudrais pas être indiscrète. »

Là, ça ne va pas être commode d'en savoir plus.

Mais elle racontera par tranches.

« « Chez le Colonel », le nom de l'hôtel, nous n'étions pas nombreux. Une dizaine de chambres sur deux niveaux, vastes et confortables, et autant sous les combles pour la famille et le personnel, mais plus petites.

Imaginez un petit hôtel particulier comme on en faisait encore en pierre de taille vers la fin du XIXème siècle, une belle cour sur rue, derrière un mur d'enceinte et derrière la salle à manger qui s'ouvre sur un petit parc arboré avec, nichée au fond, une grande remise inexploitée qui devait être d'anciennes écuries et qui s'ouvre elle-même sur la rue suivante. »

Il faudra que j'aille sur place pour me rendre compte, puisque la propriété est située dans Paris intramuros à portée de métro.

« *Mes cuisines étaient à l'entresol. La remise également, ainsi que la chaufferie, la lingerie et au bout, la cave.*
C'est là que passait le plus clair de son temps le « taulier » quand il ne venait pas nous emmerder dans notre boulot. »
Ils étaient trois à assurer le service et l'accueil.
« *C'était limite. La taulière faisait un tour en matinée avant d'emmener ses gamines au collège, un établissement privé à Neuilly, assez loin, puis revenait déjeuner et repartait les recueillir pour leurs activités ludiques et sportives. Elle n'a jamais mis la main à la pâte.*
Il y avait Michel, un grand échalas qui s'occupait de la conciergerie et de l'accueil et Jean-Luc, notre garçon d'étage qui faisait aussi le service. L'arrivée de Paul les aura un peu soulagés, même si ça aura été l'occasion de disputes entre le « taulier » et la proprio. »
Pourtant, ce n'est pas lui qui devait coûter le plus cher…

« *Naturellement. Et c'est lui qui nous aura tous enrichis !* »
Comment ça ?
« *Je vous explique. Michel était gay jusqu'au bout des ongles. Il ne m'a jamais mis une main aux fesses, pas comme l'autre connard de taulier. Et même s'il n'a jamais touché à Paul, notre jeune éphèbe, ni à Jean-Luc, tout ce qui passait à sa portée était bon pour lui. Il a d'ailleurs fini par en mourir, puisqu'il a été contaminé par le Sida ce qui l'aura emporté, le pauvre.*
Les trithérapies n'existaient pas et on ne savait même pas tous ce qu'était cette putain de maladie.
Et Paul lui a suggéré de monter un « club » de gay dans les écuries du fond du jardin. »

Son « plan » était astucieux.

« Puisque les tauliers finissaient la semaine en allant le vendredi soir chercher les filles et faire 5 ou 6 heures de route pour passer le week-end dans les Vosges et ne revenir que dans la nuit de dimanche, l'hôtel était à nous durant deux nuits et deux jours. »

Et alors ?

« Alors, à l'occasion de vacances scolaires, on a investi les anciennes écuries pour les aménager en tripot de gay et lesbiennes, LGBT avant l'heure, et on a ouvert tous les week-ends et toutes les vacances scolaires qui ont suivi. C'était pas mal. »

Et ça s'appelait le « New-Vox », un jeu de mots, nouvelle voie ou nouvelle « voix »…

« C'était réputé : on y venait de toute l'Europe ! C'est simple, à part la première année qui a été difficile du point de vue financier — on y avait mis toutes nos économies pour l'aménagement, Michel, Jean-Luc, moi et même Paul qui avait sacrifié ses cours de pilotage d'été — ça a été un franc succès jusqu'à la mort de Michel. On gagnait plus en un week-end que tout un mois de salariat ! Que dis-je, peut-être même jusqu'à un trimestre… »

Ah oui ?

« Au nez et à la barbe des tauliers, d'autant qu'ils nous croyaient également au repos et fermaient l'hôtel les week-ends et vacances scolaires : une hérésie ! Disons qu'on ne prenait pas de réservation…

Ce qui nous laissait en plus une dizaine de chambre pour loger « nos » touristes à nous.

Et comme Jean-Luc avait piégé les chambres avec des caméras — c'était son hobby de voyeur, et je crois qu'il en a fait un métier à part entière ultérieurement — il se faisait déjà de la gratte avec ses images pornos. Une bonne pub outre-Atlantique ! »

Et Paul ?

« *Paul rentrait en Alsace voir sa mère par le dernier train et revenait à Paris au milieu de la nuit du dimanche.*

Paul était notre petit protégé. Pendant que nous passions nos mois d'été à trimer, lui partait en Normandie chez ses grands-parents paternels. Il a d'ailleurs récupéré la maison et l'a transformée en hôtel. »

Je connais, lui fis-je savoir.

Et toute fière elle me répond : « *C'est moi qui ai fait la carte du restaurant…* »

« *Fameuse, la carte. Et les vins ?* »

Ils se débrouillent sur place : « *J'ai toujours eu un problème avec le vin : je n'en bois pas ou très peu, parce que je n'aime pas ça.* »

« *Mais ce n'est pas tout. Notre pactole ne nous servait à rien. Soit on se tirait avec et on mettait fin à la poule aux œufs d'or, soit on thésaurisait et on continuait sur place en faisant gaffe de ne pas se faire licencier.* »

Et ce qui devait arriver arriva un jour…

« *Le taulier buvait le stock de la cave et l'activité de l'hôtel déclinait : Jacqueline, la patronne, n'avait même plus de quoi faire les réparations indispensables sur la toiture et à la chaufferie. Et nous, on voyait que le tout allait fermer et alors adieu au « New-Vox » et sa corne d'abondance.*

C'est encore Paul qui nous a sorti d'affaire.

Je ne sais pas comment il s'est démerdé, parce que je crois qu'en plus il passait son bac ou ses concours à ce moment-là, je ne me souviens plus, mais il nous a fait racheter le bâtiment qu'il a transformé en hôtel médicalisé de long séjour. Et aux normes handicapés…

On y a tous mis notre pactole et en six mois de travaux, on avait une vingtaine de chambres dans le bâtiment principal et une trentaine dans les anciennes écuries et le jardin ! »

Elle me raconte qu'au milieu du parc, reliant les deux corps de bâtiment, en semi-sous-sol, niveau n − 1 mais ajouré, ils avaient aussi installé un cabinet dentaire, une piscine de soins de kinésithérapie, deux cabinets médicaux, un de gériatrie, un d'ophtalmologie et un cabinet de soins infirmiers !

« Bref, un paradis pour vieux, avec restaurant, une boulangerie-pâtisserie et un salon de coiffure-manucure-pédicure ouvert sur le boulevard, en rez-de-chaussée des anciennes écuries.

Et ça s'est vendu comme des petits-pains à nous rendre tous les quatre multimillionnaires. »

« Michel est mort à ce moment-là. Jean-Luc est reparti à Caen, Paul a je crois réinvesti ses gains dans un autre hôtel que je ne connais pas, en Yougoslavie.

Les filles de Jacqueline sont désormais gérantes de la société de service qui tourne autour des habitants, qui, en décédant éteigne l'usufruit qui leur a été vendu sur leur chambre d'accueil et la Jacqueline touche désormais les loyers. »

Et elle ?

« Eh bien, j'ai pu financer mon rêve : ouvrir un restaurant au bord de l'eau, cuisine exclusivement bio. »

Ici ?

« Non, sur une péniche en aval de Rouen. Qui a eu un certain succès, jusqu'à ce elle ait été coulée par des barbares, je n'ai pas compris pourquoi[7].

Paul m'a recueillie un temps pour me dépanner, puis il m'a financé les locaux ici, je ne sais pas avec quel argent, mais ce n'est pas mal : je n'ai pas à me plaindre. »

---

[7] Cf. « Les enquêtes de Charlotte », épisode « Au nom du père », à paraître aux éditions I³

« *D'autant qu'elle ne sait pas ce que c'est que de payer un loyer et de rembourser les taxes locales…* » rajoutera Paul quand je lui aurai présenté mon premier projet de « bouquin ».

Je retiens la remarque dans ce volume définitif.

« *Elle ne vous a pas parlé de ce qui se faisait au « New-Vox » ?* »

Si, bien sûr, mais j'ai préféré ne pas y faire allusion.

« *Vous avez bien fait : je me réserve d'écrire un jour mes mémoires.* »

Dont le titre sera « Les 1.400 coups d'un lieutenant de vaisseau »…

« *Ni du six-coups de la rive-gauche ?* »

Oh que si ! « *Mais là encore, ça ne me regarde pas.* »

Et je laisse tomber : « *Vous aviez une sacrée santé, à l'époque* », mais il ne relève pas, l'air de dire que ce n'est plus le cas, désormais.

Dommage…

Chapitre 5ème

Florence et ses mômes…

Il préfère en dire un peu plus sur les financements de sa première opération de rénovation immobilière.

« *Ce que personne ne sait et ce qui fait fantasmer tout le monde sur d'autres revenus que le « New-Vox » et ses activités copulatrices, c'est qu'en réalité, une après-midi, Michel accueille un touriste qui n'avait pas réservé.*

Le gars sort en début de soirée et lui confie un petit paquet pour le mettre au coffre de l'hôtel. Michel lui fait signer une décharge et on ne revoit plus jamais le gars qui ne rentre pas.

Deux jours plus tard, c'est la police qui débarque et fouille sa chambre. Le type s'était fait dessouder dans une banlieue cradingue, on n'a jamais su qui il était et ce qu'il était venu faire à Paris. »

Et puis ?

« *Bé Michel avait ce problème d'argent « pas à lui ». Probablement de l'argent sale en plus. Je lui ai conseillé de le planquer afin de le restituer si les copains de notre macchabée faisaient signe et devenaient menaçants.*

Et ils ne sont jamais venus…

Voilà comment a été financé l'opération immobilière, en plus des prêts bancaires classiques et de nos mises de fonds personnels. Je crois que Mylène n'a jamais été mise au courant : elle ne pouvait pas vous l'apprendre ! »

Et puis je suis allée voir Florence, sur les quais de Seine.

Elle, c'est comme un bonbon au caramel : délicieuse avec ses longs cheveux châtain ondulant dans le dos, ses discrètes pattes d'oie autour de ses yeux et ses trois rides horizontales qui lui barrent le front par intermittence. Alors que Paul en a deux verticales en prolongement du nez, les griffes du lion et un front toujours lisse.

Ses gamins, Annabelle et Louis, donnent envie d'en faire tellement ils sont mignons, craquants.

Et bien élevés.

Annabelle et ses couettes blondes, c'est tout un poème, avec ses espiègleries inoffensives. Alors que Louis reste attentif à tout ce qui bouge autour de lui, posant parfois sur un ton de grande personne et du haut de ses quatre ans, des questions si pertinentes avec ses grands yeux étonnés qu'il en laisse coi plus d'un visiteur.

Ils vivent tous les trois dans un duplex en face de Notre-Dame-de-Paris, quai Montebello : la vue y est splendide sur la grande rosace sud de la cathédrale. Et l'on sent la présence de Paul jusque dans les aménagements faits avec goût, probablement réalisés par Florence, alors qu'il est à l'autre bout de la planète, au milieu de l'océan Indien, ou ailleurs encore.

Mais ils communiquent tous ensemble en vacation Skype presque tous les soirs.

C'est mignon, ça.

Le seul inconvénient de cette proximité avec la Seine, se révèle la nuit quand un Bateau-Mouche passe tous phares allumés qui renvoient une lumière chaude sur le plafond en faisant avancer les ombres des arbres. Mais comme ils dorment tous dans les chambres du fond, ce n'est finalement pas très gênant pour eux.

Nous nous sommes liés d'amitié très rapidement à tel point que j'ai passé 8 jours avec toute la famille sur leur splendide yacht, Eurydice, une goélette sublime basée aux caraïbes, à fuir les tempêtes tropicales autour de Noël, sur son invitation personnelle.

Des îles merveilleuses où la douceur de vivre prime sur l'agitation du reste du monde, loin de tout. Mais j'idéalise peut-être...

Et puis encore 8 jours à Pâques aux îles Chagos après une escale à Diego-Garcia et un dernier vol en hydravion.

Il y en a trois, d'hydravion : deux Canadairs reconvertis en avion de transport et le petit hydravion historique de Paul, venu jusque-là on ne sait trop comment puisqu'il a une autonomie des plus limitées.

Là, l'ambiance est différente : l'Alizé est écrasant de chaleur et de lumière, le yacht qui nous accueille est un gros bateau « de riches » à 4 ponts luxueusement aménagées – un achat d'occasion –, heureusement équipé de la climatisation, et tout autour le lagon est infesté de requins où il s'agit d'être prudent.

Il n'empêche, on n'utilise que des hors-bords pour rejoindre la terre, ou des jet-skis pour faire des ronds dans l'eau et explorer les abords de l'immense lagon.

Nous y attendions le premier des ferries achetés en novembre dernier à Londres (j'y étais avec l'agent du FSB)[8] qui doit non seulement apporter du matériel pour

---

[8] Cf. « Les enquêtes de Charlotte », épisode « Alex cherche Charlotte », aux éditions I³

allonger la petite piste d'avion, une « usine à dessaler » l'eau de mer et des vivres mais aussi servir de logement pour les futurs personnels du gigantesque chantier qui se prépare en ces lieux.

Pour l'heure, quelques équipes seulement sondent les entrailles de la vaste baie sur des barges et s'il s'agit d'allonger la petite piste, c'est pour qu'elle soit capable d'accueillir de gros avions et de créer un débarcadère pour le second ferry acheté à Londres, transformé lui en roulier avec juste assez de cabines pour le personnel navigant : il doit apporter des engins de terrassement, des grues, ceux d'une usine à béton, pour des voûtes, ainsi qu'un tunnelier en pièces détachées.
Au sol, la végétation est éparse, malingre, clairsemée, presqu'inhospitalière au regard où les palmiers et cocotiers sont bien plus rares qu'aux Caraïbes.

Pas vraiment le paradis atlantique et sa végétation parfois luxuriante.
Paul nous expliquera qu'il s'agira d'y creuser trois tunnels, dont le principal fera trente kilomètres de circonférence, les deux autres devant incliner leur axe pour descendre assez profond avant de déboucher à l'air libre orientés à 45° par rapport à l'horizontale.
L'un vers l'ouest et l'autre vers le nord.
Plus tard, il construira aussi une centrale nucléaire au Thorium sur les remblais des matériaux extraits des tunnels et quelques logements de luxe au sol pour les invités de marque. Mais la technologie de la centrale nucléaire est seulement en cours de test en Chine, dans une filiale de Bill Gates, celui de Microsoft.
Plus quelques routes entre l'aéroport, le port, la centrale et les lieux de vie.

« Le problème, c'est que vue la montée des eaux à prévoir, il faut que tout soit surélevé. Et pour ça, on va se servir des matériaux extraits des tunnels. »

Les effets du dérèglement climatique ?

« Oui et non. Le réchauffement global aura un impact limité ici. À peine quelques centimètres. En revanche, les vagues et les tempêtes de submersion seront plus fréquentes à l'avenir.

En réalité, se sont surtout les sous-sols qui vont s'affaisser, vu les quantités de tonnes de béton qu'on va leur entasser dessus, puisque les matériaux extraits des sous-sols vont être réutilisés, compactés sur les parties émergées des atolls.

Là, on peut compter sur une bonne dizaine de centimètres. »

Si tout est prévu, dans ce cas…

Normal, quand « on sait l'avenir » !

Je dois avertir mes futurs lecteurs : quand il s'agit de Florence, qui n'est pas avare de détails sur sa vie avec Paul, celui-ci « censure » mon laïus !

Il n'aime pas qu'on parle d'elle en termes ne serait-ce qu'un chouilla négatifs et il a carrément biffé presque tout ce qui concerne leur couple : « *C'est notre histoire à nous. Ça ne regarde personne.* »

Il a fallu que je bataille à plusieurs reprises pour garder les détails inhabituelles ou remarquables.

Par exemple, que Florence a une particularité de langage qui lui fait rajouter à peu près systématiquement, sauf avec ses enfants, une précision, une nuance qui commence presque toujours par « ce n'est pas ce que j'ai voulu dire ».

Comme si elle n'avait pas été comprise…

C'est assez rigolo, finalement.

Ceci dit, elle me narre sans retenue sa première rencontre avec Paul de Bréveuil. Elle était l'architecte déléguée d'un maître d'œuvre pour la conception et la réalisation d'une salle d'exposition troglodyte à Calvi pour les besoins d'une biennale internationale de joailliers dont faisait partie le maître de l'ouvrage, Salomon Veyle, et dont Paul était le délégué général[9].

« Si j'ai bien compris, Paul les a rencontrés sur le Port-Minime de La Rochelle alors qu'il rentrait des USA sur son premier voilier. Je ne sais pas comment il les a séduits, enfin… ce n'est pas tout-à-fait ce que j'ai voulu dire, mais il bossait pour eux. Et c'était « mon client ». »

Un travail compliqué, son premier « gros chantier », commencé sous la pluie et dans un petit local de location planté à l'orée de la pinède Calvaise.

« Il pleuvait tout le temps, les routes étaient inondées et boueuses et il faisait froid.

Et moi j'assurai les rendez-vous de chantier où rien n'a été simple avec les entreprises locales ni avec les experts. On a dû changer nos plans trois fois pour complaire aux experts des assureurs et ils ont exigé des travaux supplémentaires une fois le chantier terminé. »

Et Paul ?

« Lui faisait la navette avec Paris, puis sur place et logeait sur son voilier ancré devant mes fenêtres : 300 mètres de nage libre pour me rejoindre… enfin, ce n'est pas tout-à-fait ce que je voulais dire, pour venir travailler avec moi. »

Je passe donc les détails censurés…

« Vous savez, l'autre est toujours un inconnu. Le premier regard porte uniquement sur l'aspect physique… par la force des choses. On est séduite ou pas. Enfin… ce n'est pas ce que j'ai voulu dire… on ne séduit pas que d'un regard seulement. On est attiré

---

[9] Cf. « Les enquêtes de Charlotte », épisode « Le Feu », à paraître aux éditions I³

ou non. Et j'avoue qu'avec son allure athlétique, Paul ne manquait pas de charmes.

Enfin non, ce n'est pas ce que j'ai voulu dire… disons d'atouts, d'autant que mon fiancé de l'époque était resté en Californie.

Il était américain et dirigeait le cabinet qui avait remporté le marché des travaux.

En revanche, la proximité, la quotidienneté, le travail et les échanges, les attitudes, les mots participent à la séduction réciproque. C'est là qu'intervient l'alchimie indispensable pour forger un lien durable.

Quand je suis repartie aux states, ça ne m'a fait comme un petit pincement au cœur.

Pas plus, enfin je veux dire c'est que je n'ai pas eu le temps d'en faire plus.

D'autant que Paul les attire toutes, comme un aimant, comme les mouches un pot de miel. Et je n'avais pas le droit d'être jalouse, cela va sans dire par respect pour mon fiancé.

Je crois que Paul a eu des ennuis avec cette affaire-là.

Seulement, je suis revenue parce que mon fiancé m'avait oubliée et allait se marier avec sa nouvelle associée.

Et c'est Paul qui m'a recueillie et m'a fourni du boulot d'architecte.

D'abord le « Château sur Cher » de Mylène, puis son siège au Kremlin-Bicêtre, puis ici, puis son hôtel en Normandie et même son « bunker ». Enfin, ce n'est pas ce que j'ai voulu dire : je ne sais plus si c'est dans cet ordre-là ou un autre. »

Des lieux que je connaissais déjà, hormis le « bunker ».

Je lui demande des précisions.

« Oh, excusez-moi, je n'aurai pas dû en faire mention : c'est un lieu secret situé derrière la colline de l'ancienne propriété normande de son grand-père. »

Et puis leur fille, conçue à l'escale Rochelaise. Paul avait reçu une balle dans le dos au large de la Corse[10].

« J'étais à son bord, complètement atterrée, affolée de le voir gisant dans une mare de sang, sans savoir quoi faire d'autant que je n'avais rien entendu ni rien remarqué de suspect. »

C'était donc ça, la cicatrice dans le dos… enfin, une des cicatrices de Paul !

« Il a fait quelques semaines de coma et on ne savait pas si un jour il pourrait remarcher ou non. Moi, qui voyais déjà peut-être mon avenir à ses côtés, j'en ai pris un grand coup sur le carafon… Enfin, ce n'est pas tout-à-fait ce que j'ai voulu dire, mais je ne me sentais vraiment pas à la hauteur pour m'occuper toute une vie d'un infirme. »

Il s'est remis et est parti faire un tour du monde à la voile par les trois caps : *« Je n'en étais pas, faute de courage. Son « Lisbeth » me faisait horreur depuis cet attentat. L'horrible souvenir de le voir gisant dans son sang…*

Et quand il est rentré, j'étais là à La Rochelle pour l'accueillir. »

Son voilier avait souffert dans l'océan pacifique, se retournant plusieurs fois dans les tempêtes des quarantièmes rugissants. *« Comme c'était une construction amateur en ferrociment, les chantiers capables de lui assurer une nouvelle étanchéité n'étaient pas légion. Il est reparti sans moi. Il a coulé au large du Portugal à l'occasion d'un abordage en haute-mer et je l'ai rejoint à Barcelone où j'ai eu la peur de ma vie[11]… »*

Enfin, ce n'est pas ce qu'elle voulait dire : *« Nous avons été agressés dans les ruelles de la vieille-ville par une bande de loubards, en rejoignant notre hôtel, mais j'ai eu bien plus peur*

---

[10] Cf. « Les enquêtes de Charlotte », épisode « Au nom du Père – tome II », à paraître aux éditions I³

[11] Cf. « Les enquêtes de Charlotte », épisode « Parcours olympiques », aux éditions I³

qu'au large de la Corse où je ne m'étais sentie pas réellement menacée… »

Un sacré parcours jusque-là, mais ce n'est pas tout.

Elle évoquera « Eurydice » sur laquelle elle m'invitera à l'occasion pour passer les fêtes de Noël avec Paul et leurs gamins. Une magnifique Goélette du début du siècle précédent, à retaper pour lui faire reprendre la mer, Paul s'occupant des œuvres-vives et de l'accastillage, elle des aménagements intérieurs et le résultat est splendide, je peux en témoigner.

Voilier sur lequel ils feront plusieurs croisières en méditerranée, en Adriatique, en Mer Égée avant de rejoindre les tropiques.

Une question me taraude : comment Paul est-il devenu « riche » ?

« Je n'en sais rien… enfin, ce n'est pas ce que je voulais dire… Je crois qu'au début c'est un pilote de chasse. Et ce n'est pas là, en qualité de fonctionnaire de l'armée que l'on s'enrichit, bien évidemment. Ce n'est pas non plus en étant salarié de Salomon Veyle qu'on le devient. Je pense que durant mon séjour en Californie, il a dû faire quelques « bonnes affaires » après une période financièrement difficile.

Depuis, on ne manque plus de rien et même au-delà. Même si je poursuis mon activité d'architecte, juste pour le plaisir et ne pas perdre la main.

Et on ne sait jamais ce que réserve l'avenir. »

Enfin un mot où elle savait ce qu'elle voulait dire, me prenant à témoin de ce poncif éculé…

« Pour l'heure, j'ai tout ce qu'il me faut, un nid douillet, des enfants en bonne santé et qui s'y sentent bien, et leur père n'oublie jamais les anniversaires et les fêtes. »

Paul, à la relecture de ce recueil en dira qu'une « *femme, ça nidifie forcément !* »
Et un homme ça campe et… décampe à l'occasion…
Je trouve l'expression très drôle !

Chapitre 6ème

Les histoires de gros-sous

Et il sera plus précis sur cette question de fortune quand, aux Chagos, il nous fait visiter ses installations et nous dévoile les plans et dessins de ses projets pharaoniques.

« C'est vrai que j'ai parfois mangé de la vache enragée. Mais comme je dis toujours, l'argent n'est jamais qu'un moyen, un outil. Quand on en a besoin, on le trouve.

Florence a son gagne-pain. Vous avez vu Mylène, elle l'a aussi. La Cisa tourne toute seule et n'a plus rien à faire. Quant à Charlotte et Aurélie, elles n'en font qu'à sa tête. Ma compagnie de croisière fonctionne encore sous son ancien schéma et, une fois « revisitée » et redressée, elle versera des dividendes.

Et vous n'avez peut-être pas encore vu au Kremlin-Bicêtre (je connais pourtant les locaux), *ma première boîte à millions récurrents, « Prestige spirits », montée quand j'ai eu à écluser les stocks de whisky écossais d'une copine de Lady Joan, que vous connaissez, les sœurs McShiant, que vous ne connaissez pas encore. Ça marche si bien que je ne m'en occupe même plus : son gérant, Loïc, embauché d'abord comme stagiaire, si emploie très bien tout seul. »*

Il m'avait promis de m'emmener voir cette écossaise, puisque ça a un rapport, je ne sais alors pas lequel, avec la compagnie croisiériste rachetée à Londres en fin d'année[12].

---

[12] Cf. « Les enquêtes de Charlotte », épisode « Alex cherche

Et il précise que « ses hôtels », Kotor, Château-sur-Cher et la Normandie, ne parviennent pas à payer un loyer et encore moins à sortir un dividende : « *C'est juste un patrimoine de précaution, comme le Livret A de la caisse d'épargne. Rien de plus et ça ne rapporte pas plus !* »

Auxquels il faut rajouter les locaux de la Cisa…

« *Après avoir résolu l'affaire des bijoux volés à Calvi, j'ai pris une mission de contre-espionnage dans l'Ardèche. Là encore, salarié détaché d'un major de l'aéronautique : après tout je suis ingénieur « sup-aéro ». Et je me suis retrouvé à réorganiser la boîte d'Isabelle Nivelle, la patronne des lieux, en qualité de directeur-général.*

Vous irez la rencontrer, puisqu'il est question de remettre en activité l'usine pour le troisième projet en cours… »

De quoi s'agit-il ?

« *Ici, on fabrique un gigantesque accélérateur pour de gros vaisseaux-cargos spatiaux, façon Hyperloop de Musk. Mais aucun homme ne peut rentrer dedans sans être écrasé par la force centrifuge qui s'y développe. Et monter une station-orbitale sans pouvoir y envoyer le moindre touriste ou astronaute, c'est une idée con.* »

J'en conviens…

« *Alors on va créer un engin réutilisable pour le rejoindre en orbite et en revenir…* »

Façon SapceX, BlueOrgin et quelques autres encore ?

« *Effectivement, c'est un peu comme ça, mais en plus élaboré.* »

Il raconte alors, que pour commencer, il a gagné ses ailes d'aviateur au moment même où se terminait l'opération de promotion sur l'hôtel de la tante Jacqueline. Son « premier million de dollars ».

« J'ai investi chez un copain de promotion à Kotor et avec le reste, je me suis payé mon premier voilier hauturier, le Lisbeth à Papeete, alors que j'étais encore sous l'uniforme. Puis je suis passé chez les Veyle et quand ça a tourné au fiasco, avec Charlotte et Aurélie que vous connaissez, on a su récupérer les bijoux volés de la biennale, ce qui nous a permis de rebondir avec la prime d'aviseur due par les compagnies d'assurance. »

Ils créent alors tous les trois une agence d'enquêtes privées (CAP Investigations) et lui fait sa mission à la MAPEA.

« La boss, elle réfléchit avec son portefeuille et elle m'a gardé pour que je développe l'activité des poudres et explosifs de son aïeul. Comme les gars savaient broyer et moudre finement des poudres, j'ai tenté l'expérience de leur faire faire des céramiques réfractaires pour les propulseurs des missiles de l'armée.

Ça a marché et j'ai construit avec ça mon premier prototype hypersonique, un démonstrateur, celui sur lequel j'ai fait mon premier tour du monde. »

Ce prototype été financé sur les deniers personnels de Paul avec une autre prime d'aviseur reçue d'une mission « top-secret » absurde pour la Présidence de la république[13].

Par la suite, Paul aurait été en disgrâce et ruiné, sortie de la MAPEA comme un malpropre par les « minoritaires » qui voulaient probablement récupérer le prototype hypersonique.

Ce qui lui aura coûté de l'argent pour les évincer à leur tour et relancer l'activité ardéchoise avec une activité d'enduits spéciaux pour l'aéronautique…

« Ce sont des têtus qui nous auront fait les pires difficultés.

---

[13] Cf. « Les enquêtes de Charlotte », épisode « Opération Juliette-siéra », aux éditions Book Envol.

En revanche, historiquement, j'ai fait ma première dizaine de millions d'euros avec les Ladies, Joan, Margareth et Catherin sur leurs stocks de whisky. Ce qui a aidé.

Vous savez quoi ? » demande-t-il avec une franchise déconcertante.

Non, pas encore.

« *Eh bien au bout du bout, le fisc m'en a piqué plus des deux tiers. Ce qui explique que désormais je ne vis plus en France !* » en rit-il.

Sur le coup, j'ai du mal comprendre le raccourci qui le fait s'esclaffer ainsi.

Lui un « exilé-fiscal » ?

« *Moi, je veux bien payer des impôts, ce n'est pas le problème : on reçoit tellement en retour. Des taxes et des impôts sur nos consommations avec de l'argent déjà imposé sur les revenus, c'est déjà la double peine. Triple quand comme pour le commun des mortels on paye aussi des charges sociales qui paient encore un peu le système de santé et pour quelques-uns devenus « sans-dent » qui survivent jusque-là de maigres pensions de retraite.*

Mais pas sur nos « non-consommations », autrement dit sur notre épargne, notre patrimoine : ce serait payer une quatrième fois inutilement. »

Le Président Makarond a réformé l'ISF...

Et prépare une réforme des retraites.

« *Oui, mais ça va revenir tellement c'est emblématique et il a gardé l'IFI et la taxe sur les yachts en plus de la francisation du pavillon : deux taxes pour le même navire !*

Or, mes biens immobiliers, détenus par des SCI interposées, sont en France sauf l'hôtel de Kotor, mais comme l'impôt est mondial si on est fiscalement domicilié au pays, il serait soumis à l'IFI si je résidais en France plus 183 jours.

Je payerais même sur Kotor et les installations d'ici, sauf si, bien évidemment, je ne suis plus fiscalement domicilié en France, même si les SCI sont détenues par une fondation luxembourgeoise que gère Lady Joan.
Fabuleux, non ? »

Elles payent une « compensation », les SCI françaises, non ?
« Naturellement, mais c'est peu de chose d'autant que c'est sous-évalué dans la mesure où les loyers ne rentrent pas. Ce n'est pas ça le plus important. »
Il explique : *« J'ai récupéré 57 milliards d'euros pour mon pays qui ont financé les trois Plan d'investissement successifs pour l'avenir. J'ai laissé à mon pays un prototype hypersonique et en ai construit un second en Chine sous la houlette d'Airbus, parce que personne ne voulait le financer. Le pays ne veut ni de l'un ni de l'autre. Alors…*
Le troisième, celui qui fera navette-spatiale, il sera élaboré en France en pièces détachées pour redonner un peu de boulot aux anciens de la MAPEA, mais il sera monté ici, en territoire de droit britannique à travers la fondation luxembourgeoise, c'est-à-dire sans impôt… Sauf si je rentre en France plus de 183 jours par an pour me faire tondre. Où si je m'y marie à une femme fiscalement domiciliée en France… »
Pauvre Florence… Elle serait redevable de son IFI à lui ou devra rester « mère-célibataire » à vie !

Situation qui démultiplie les effets de levier financiers.
« Idem pour la compagnie de croisière alors que c'est justement celle-là qui financera mes vieux jours. Si je laissais les goinfres de Bercy m'en amputer ne serait-ce que la moitié comme ils en ont l'habitude, je ne pourrai pas financer mes projets. Et comme par ailleurs, c'est parfaitement légal, même pas l'once d'une ombre de

fraude fiscale, puisque ces mécanismes d'évasion ont été inventés pour ça, je serai vraiment le dernier des cons de ne pas en profiter.

Nos messieurs des impôts savent très bien tout ça : ils ont conscience qu'ils taxent tellement que sans ces outils inventés par eux-mêmes pour fuir l'impôt, on tuerait définitivement tout initiative privée dans le pays... »

Ce qui les obligerait à subventionner les activités innovantes, et pour y parvenir, augmenterait par conséquent le poids des prélèvements obligatoires déjà existants.

Et Florence, justement, dans tout ça ?

« Elle fait ce qu'elle veut, ma chérie. Mais elle ne manquera de rien. »

Celle-ci opine du chef comme pour approuver, sans un mot...

« Le problème des États, c'est qu'ils ne peuvent pas faire faillite : ils sont indéfiniment solvables tant qu'ils sont capables de lever des impôts. C'est d'ailleurs pour ça qu'existe le FMI qui leur prête de quoi faire les défauts et ruptures de trésorerie moyennant conditions quand ils ne sont plus capables de le faire.

Mais comme les uns et les autres jouent avec leur monnaie, par exemple les Chinois vont dévaluer leur Yuan au fil de la montée des droits de douane imposés par l'américain, que celui-là impose au reste du monde l'extraterritorialité du droit américain, portant sur tout un tas de choses, et y compris leur fiscalité fédérale et le dollar, le dollar va finir par perdre de sa puissance de référence : ce sera devenu le problème des USA alors qu'il était jusque-là le problème des autres pays. »

On va se servir de quelle devise ?

« En partie de l'Euro, avec lequel je « travaille », notamment dans le commerce est-ouest, du Yuan et du Yen, mais plus tard surtout des cryptomonnaies. »

Plus la Livre Sterling ?

« *Avec le Brexit, elle est en perdition… Mais comme il y en a bien moins que du dollar, ça ne se verra pas tout de suite. Et ils ne le sauront pas avant longtemps.* »

Personnellement, je n'y comprends rien : je rapporte seulement les propos tenus ce jour-là…

Et probablement en en oubliant une bonne partie.

Une autre fois probablement, Florence voulait rajouter son couplet sur « l'homme de sa vie », éléments que j'ai reçus en « pièces détachées » au fil du temps et de nos dialogues. Et qui auront été sévèrement censurés par Paul.

Pour ce qu'il en reste, elle s'est faite kidnapper en Normandie, sur le parking d'un hypermarché de Caen (qui n'est pas à Caen, mais en périphérie).

Par un commando de salafistes algériens menés par Miho, l'espionne coréenne et leur gouvernante de l'époque.

« *Une période douloureuse. J'étais enceinte de Louis sans le savoir et j'ai souffert le martyre d'une jambe cassée qui n'était pas soignée, de la chaleur le jour et du froid la nuit. Je délirais en permanence en raison de mes accès de fièvre.* »

Et elle raconte son calvaire dans sa prison miteuse et pouilleuse, ses angoisses de perdre sa vie et de ne pas pouvoir dormir à cause de sa blessure ouverte qui suintait de pue jusqu'à redouter que la gangrène ne se déclare.

« *C'est Paul qui est venu me délivrer. Je ne sais pas comment, mais il s'est fait tirer dessus à cause de moi, pour me sortir de ma prison.* »

Voilà l'explication probable d'une autre de ses cicatrices…

« *Et puis comme je suis rentrée avec une jambe plus courte que l'autre et un peu tordue, Paul m'a fait opérer en Californie. Maintenant, elles sont toutes droites et de même longueur toutes les deux : je ne boitille même plus.* »

Et elle aura aussi fait une connerie.

« *Je reste impardonnable : j'avais Papa-Maman en Californie avec moi qui s'occupaient de nos gamins, dans une belle maison louée par Paul.*

Moi, je suis alitée et je trouve le moyen de me laisser séduire par un beau mec milliardaire californien, enfin, ce n'est pas tout-à-fait ce que je voulais dire… Disons qu'il était charmant alors même que finalement il nous facilitait notre séjour.

J'ignorais qu'il était déjà marié et j'ai brisé son ménage…

C'était de sa faute : il était tellement convaincant. Et mon couple a failli chavirer par la même occasion. »

Elle se fait ensuite plus directe et personnelle : « *Nous avons une sorte de pacte depuis que Paul m'a reprise à ses côtés. Je ne pouvais pas non plus séparer mes enfants de leur père…*

Enfin, ce n'est pas ce que j'ai voulu dire : s'il n'est pas assez souvent à la maison en raison de « ses affaires », il est quand même très présent et attentif.

Avez-vous couché avec Paul ? » me fait-elle alors tout de go…

Tu parles d'une question surprenante !

Je n'ai pas eu besoin de mentir pour lui répondre : « *Non !*

Je crois que je suis sa fille et il doit me le dire quand j'aurai terminé le premier volume de sa biographie… »

Non : il n'est pas son père et pour deux raisons.

« *Sans vouloir vous décevoir, je ne crois pas. Vous êtes trop âgée pour être sa fille et je suis la seule femme avec laquelle il ne se protège pas ! Je l'ai vu faire…* »

Deux assertions étranges.

Pas celle concernant nos âges respectifs, effectivement teinte de bon sens, mais l'autre.

« Comment ça « vu faire » ? »

« Oh c'est très simple : Paul était un coureur insatiable et l'est resté longtemps, même après la naissance de mes enfants. J'ai même dû le « prêter » à quelques-unes de ses ex qui me suppliaient. C'est d'ailleurs très drôle de voir leurs airs déjantés quand elles s'abandonnent. On doit toutes avoir l'air stupide et ravie en même temps, j'imagine, dans ces moments-là. »

C'est bien ce qu'elle voulait dire…

Mais voilà de quoi totalement étonner !

Un couple « moderne » ?

« Non même pas. Mais du moment qu'il revient… C'était la femme de l'amiral Gustave qui me l'a appris : les enfants réunissent ceux qui s'aiment. J'aurai voulu être « moderne », comme vous dites, je collectionnerais les amants. Mais d'abord, ça ne me tente plus – ils n'ont rien à apporter de plus que les autres – et aucun ne sera à la hauteur de Paul.

Enfin, ce n'est pas non plus ce que j'ai voulu dire… Plutôt que de toute façon il revient et sait se faire tendre à chaque fois.

Alors que demander de plus quand finalement ça vous fait des vacances et que les « retours » vous font frémir comme à la première fois ? »

Si ce n'est pas « moderne », c'est quand même très « avancé » comme attitude : moi, si je prends mari, ce sera pour l'éternité, mon unique usage personnel et surtout exclusif…

« Nous ne sommes pas mariés. Il ne veut pas et je crois que c'est parce qu'il l'a déjà été. »

Tiens donc !

Chapitre 7ème

La juge Trois-dom

Paul me précisera que c'était aux USA, lors d'un de ses stages de qualification « porte-avions ». « *Une connerie : elle était agent du NSA. Je pouvais dire adieu à ma carrière avec les ailes de la marine. Non, si je ne marie pas avec Florence, c'est parce que ce serait elle qui deviendrait responsable des impôts que je ne paye plus en France…* »

Comme quoi…

« *Il y a la vie quotidienne, les besoins matériels à assurer à mes gamins et à moi d'abord.*

De ce point de vue-là, je suis gâtée, » poursuit-elle. « *J'ai une famille dans le Vaucluse, ma vie parisienne dans un appartement d'exception, même s'il est un peu petit, dans une ville et un quartier d'exception, un compte en banque bien garni avec un travail qui me plaît.*

Et quand Paul s'en va, je sais qu'il va revenir : pas de raison d'angoisser. »

Et puis elle reviendra immédiatement sur le premier volume de sa biographie…

« *Vous en êtes où de votre travail sur sa vie ?* »

Ai-je le droit de lui dire l'aventure « hors-normes » qu'il vient de me faire vivre ?

Oui, bien sûr, puisqu'elle lira probablement ce premier volume…

« *C'est compliqué à rapporter…*

Disons que dans une première étape, il m'a fait récupérer Charlotte et Aurélie... »

Ses deux vieilles lesbiennes ?

« ... Celles-là même, prisonnière dans un cachot russe à Paris. Pour tout vous dire, je n'ai pas encore bien compris les tenants et les aboutissants de cette aventure-là. Il faudra que j'en découvre la cohérence avec un autre voyage à Londres pour rencontrer Lady Joan... »

Ah quel cul, celle-là !

« ... Je ne sais pas. Nous sommes rentrés sitôt après avoir acheté cette compagnie croisiériste. Mais à l'aller, il a fait la leçon à un espion russe qui semble être lié à l'empoisonnement de l'agent double Skripal, vous savez en Angleterre[14]... »

Il est encore avec ses histoires de « devoir national » alors ?

(Non, ce n'est pas ce qu'elle voulait dire : des histoires d'espionnage, plutôt...)

« ... Je ne sais pas ce détail. Mais bon, ils avaient l'air de savoir ce dont ils parlaient tous les deux.
Et puis, et puis... »

Comment dire ?

« Eh bien dites ! »

Le voyage jusqu'à Amman ou le voyage dans le passé ?

« Vous allez me prendre pour une folle... Nous sommes allés à Amman en Jordanie et même jusqu'à Pétra... »

Un lieu que Florence ne connaît pas et qu'elle aimerait bien découvrir tellement il paraît que c'est splendide.

« ... Ça l'est, vraiment. Mais disons que c'était pour rencontrer un moine de l'époque de la première croisade... »

---

[14] Cf. « Les enquêtes de Charlotte », épisode « Alex cherche Charlotte », aux éditions I³

Quel effet allait avoir ce propos sur le cerveau de Florence ?

J'en fus la première surprise.

« *Ah… Il est encore avec ses voyages dans le temps alors. Il y prend goût !*

Enfin, ce n'est pas ce que j'ai voulu dire… Ce que je veux dire c'est de ne pas vous en faire : il m'a raconté la façon dont il est venu me tirer de chez mes kidnappeurs salafistes.

On a du mal à se faire à l'idée et ce doit être très perturbant pour un esprit sain.[15] »

Pas trop en ce qui me concerne…

Nous devons être « deux folles » !

    « *Paul a un talent inégalé pour se retrouver dans des situations impossibles, totalement improbables et déjantées.*

Ce que je veux dire c'est que j'ai lu le blog d'I-Cube. Je sais qu'il sait l'avenir, notre avenir, même s'il n'en dit rien.

Il a raison : je ne veux pas savoir le mien.

C'est le sel de la vie que de se laisser surprendre par son déroulé : regardez mes gamins, qui aurait pu dire qu'ils soient si mignons ? Et je ne veux pas savoir ce qu'ils deviendront : je les emmènerai là où ils veulent aller, c'est tout.

Et Paul est privé de ce bonheur de la vie qui vous surprend. C'est probablement la raison pour laquelle il s'épuise à faire tout ce qu'il fait : pour être conforme à ce qu'il sait déjà.

Terrible destin ! »

Enfin, ce n'est pas ce qu'elle voulait dire vraiment…

    Moi, il m'a dit. Disons que je sais au moins un détail : l'incendie de Notre-Dame de Paris.

« *Ah, alors c'est qu'il attend quelque chose de vous avec cette information-là !* »

---

[15] Cf. « Les enquêtes de Charlotte », épisode « Mains invisibles – tome II », aux éditions I³

Quoi donc ?

Elle n'en sait rien.

Je lui dis que j'en ai averti les autorités.

« *Ouh là ! Vous avez eu tort. Là, vous allez avoir des ennuis, Alexis…* »

On peut dire ça comme ça.

Parce que le 15 avril, la flèche de Notre-Dame de Paris s'effondrait sous son propre poids, dévorée par les flammes qui se sont propagées tout du long de la charpente, la fameuse « forêt ». Et sans l'intervention efficace des pompiers de Paris, si les pierres des voutes et des murs ne brûlent pas, en revanche les deux tours auraient pu s'effondrer à leur tour si le feu s'était propagé aux charpentes des cloches, dont le fameux Bourdon.

Ç'aurait été une catastrophe encore plus difficile à assumer, à mon sens : là l'essentiel est encore et heureusement resté debout.

Le lendemain, comme je l'ai déjà dit, on a appris de Paul qu'il avait dormi mais avait mis en alerte les équipes de la Cisa, pour finalement laisser tomber son diagnostic : « *Un « super-zombie. On ne le voit que quelques poignées de secondes et nos « traceurs » ne le repèrent même pas. Vous voyez Alex, je me demande s'il ne s'agit pas d'une « mission » comme on en a fait récemment une en Jordanie…* »

Qu'est-ce qu'il veut dire par là ?

L'incendie est « historique » et marquera les mémoires, puisque c'est le premier du genre visant la cathédrale. « *Et rien ne le laissait présager. Or, comme pour notre moine et son texte que nous lui avons inspiré, dont vous avez touché du doigt bien des conséquences, cet incendie peut très bien être le fait du « futur ».* »

Quel intérêt ?

« Quand c'est marqué comme ça, on ne revient pas dessus : on s'y conforme ! »

Je lui réponds : « *Nous, nous avons changé le destin du moine Jean. Là, ça aurait changé quoi du destin de vieilles pierres inanimées ? »*

Plein de choses.

« *L'île de la cité sera visitée par des millions de personnes à l'occasion des prochains Jeux Olympiques. Déjà, je vous rappelle que le palais de Justice posé à quelques minutes à pied de la cathédrale a été déménagé de l'autre côté de la ville. L'Hôtel-Dieu, sur le parvis va changer de main. Il en sera probablement de même pour le tribunal de commerce et les derniers services de la Préfecture vont finir par être dispersés en périphérie.*

Tout se met en place pour une vaste promotion touristique à caractère commercial.

On va se retrouver avec un vaste barnum avant-gardiste et hors de prix, une véritable pompe à fric et à taxes, un peu comme au Mont-Saint-Michel où l'accès en voiture est prohibé mais où une fortune a été investie dans des bus bidirectionnels et une réhabilitation du site.

Là, ce sera pareil avec des « écolos-bobos-parigots » qui veulent s'affranchir des moteurs à combustion des cars des Solex et des voitures jusqu'au-delà du cœur de la capitale.

Paris-centre va devenir une vaste zone exclusivement touristique d'où les habitants seront exclus, comme sur les Champs-Élysées.

Vous ne le savez peut-être pas, mais sur les Champs, on ne compte plus que deux électeurs : est-ce assez significatif pour vous, notamment quand on sait que la mairie centrale veut regrouper les mairies d'arrondissement des quartiers centraux qui votent systématiquement pour des maires de droite ou du centre ? »

C'est cohérent, mais tout ne tourne pas forcément toujours autour des élections…

« *Ce que je ne comprends pas, c'est que nous n'avons trouvé aucun de « véhicule de translation temporel » pour cette histoire-là, comme nous en avons bénéficié en Jordanie. Nos capteurs et machines ne les ont pas détectées parmi tous les « zombies » du logiciel de la Cisa.*
On a encore du boulot à fournir… » finit-il par conclure.

De retour à Paris quelques jours plus tard, alors que je remets de l'ordre dans mes notes et commence à faire un plan cohérent pour ma première « biographie » (j'ai trop peur d'oublier quelques détails et il faut que je complète sur plusieurs points qui aurait pu m'échapper, notamment sur la première croisade), je reçois dans « ma campagne » la visite d'une dame élégante, la cinquantaine qui se présente comme substitut du Procureur général de Paris.
Elle est accompagnée d'un greffier insipide, qui n'ouvrira la bouche que pour dire bonjour, rire une fois et dire au revoir.

Ils veulent m'entendre, non pas pour faire une déposition signée, mais juste pour les archives du Parquet sur l'entretien que j'ai eu avec les gendarmes de mon patelin voici désormais plusieurs semaines.
D'ailleurs, leur véhicule est stationné sur le chemin, devant mon portail d'entrée.
Et l'entretien commence par « nom, prénom, date et lieu de naissance, nationalité, domicile » des plus classiques.
Je réponds et la grande gigue monologue en introduction pendant que son greffier tape sur son ordinateur.

« *Nous, Hélène Trois-dom, procureure de la République à Paris, accompagné d'un greffier assermenté du palais de justice, vous compléterez de votre nom et prénom… requis pour prendre le contenu de l'entretien que nous allons avoir avec Madame Alexis Dubois sis à son domicile, etc. vous compléterez… nous sommes rendus à cette adresse pour l'interroger au sujet d'une déclaration rapportée par la brigade territoriale de gendarmerie de la commune de… vous compléterez… relative à la… la « prémonition » de l'incendie de la Cathédrale Notre-Dame-de-Paris ayant détruit la flèche et la charpente de l'édifice, le… vous compléterez !*

Nous, agissons dans le cadre d'une information judiciaire ouverte par le Parquet en parallèle avec l'enquête judiciaire ouverte par ailleurs pour destruction de monument public par incendie involontaire, et faisons savoir à notre témoin qu'elle peut ne pas nous répondre et qu'aucune charge n'est retenue contre elle. »

Puis s'adressant à moi : « *Est-ce assez clair comme ça pour vous, Madame ?* »

Alors que l'autre continue de taper sur son clavier.

« *Puis-je vous demander votre profession ?* »

Naturellement : journaliste.

« *Je dois alors vous rappeler que nos propos sont couverts par le secret de l'instruction judiciaire. Le violer est un délit même pour un journaliste. Est-ce bien compris ?* »

Je réponds alors : « *Aujourd'hui, je travaille et suis payée par Monsieur Paul de Bréveuil, industriel, qui m'a demandé de faire sa biographie.* »

« *Aaaah ! Paul de Bréveuil !* » soupire-t-elle à ma grande surprise, en levant les yeux au ciel. « *C'est pour cette raison que nous sommes là : vous le citez dans votre déposition, effectivement.* »

Je saisis immédiatement qu'elle connaît « son » oiseau.

Et quand je dis « connaître », ce n'est pas seulement sur le plan professionnel, crois-je comprendre…
Pure spéculation de ma part, naturellement.

S'en suit un long monologue autour de « mon sujet » de biographie, qu'elle complète de plusieurs volets qui m'étaient restés jusqu'alors inconnus.

« Je l'ai croisé une première fois au moment de l'affaire du Juge Féyard. J'étais juge d'instruction à Chartres. Il était accompagné de Madame Charlotte Maltorne sur cette enquête. »

Le greffier arrête de martyriser sa machine…

« Une horreur que ce meurtre.

Le juge de cour d'assises à la retraite avait été assassiné à coup de couteau à pain dans sa cuisine par deux cinglées qui lui en voulaient d'avoir libéré l'assassin de leurs parents.

Un drame affreux également, mais le jury avait été acheté par le père de l'assassin et l'appel en assises n'existaient pas à l'époque. C'est d'ailleurs en raison de cette affaire-là que la réforme a été voté ultérieurement.[16] »

Un couteau à pain ?
Ça devait être une boucherie…

« Ça l'était. Mais le meurtre des parents des gamines tout autant : un vrai carnage dans un restaurant de Propriano en Corse. Les éléments factuels étaient nombreux et concordants. Il ne pouvait pas échapper à la prison à perpétuité, et pourtant il a été reconnu « innocent » par les jurés. Au bénéfice du doute.

Rien à dire des faiblesses et carences de notre système judiciaire…

Et puis je l'ai croisé une autre fois à l'occasion d'une série de décès violents.

---

[16] Cf. « Les enquêtes de Charlotte », épisode « L'affaire Féyard », à paraître aux éditions I³

La légitime défense a été retenue dès l'instruction pour le décès du professeur Risle et de l'équipe du Colonel Frank.[17] »

Des noms qui ne me disent rien : je sens que je vais avoir du boulot de recherche plus que prévu, et je note sur mon calepin…

« *J'ai suivi de loin plusieurs affaires où « CAP Investigations », une équipe de sacrés-pistolets* (à quoi fait-elle allusion ?) *qui a pu faire avancer la recherche de la vérité. Et la dernière fois que je l'ai rencontré, il s'est comporté en héros. Mais il m'a foutue une telle trouille que j'en ai depuis du mal à monter dans un avion ! Je préfère désormais le train.*[18] »

Je n'ose pas lui en demander plus attendant encore quelques révélations inattendues.

---

[17] Cf. « Les enquêtes de Charlotte », épisode « Au nom du père », à paraître aux éditions I³

[18] Cf. « Les enquêtes de Charlotte », épisode « Parcours olympiques », aux éditions I³

Chapitre 8ème

Nouvelle piste à suivre

Ce qui finit par arriver : « *Celui qui en connaît le plus sur ce phénomène, c'est l'ex-directeur de la police criminel, Christophe Scorff. Je pense qu'il se fera un plaisir de vous détailler son dossier, tant qu'il ne perd pas totalement la mémoire : il sera utile pour votre biographie…* »
Noté. Merci.
Voilà peut-être la raison finale de cet enchaînement de faits : mes courriers, puis ma déposition auprès des gendarmes, puis la venue de cette procureure, puis la piste vers un ex-flic dont j'ignorais jusque-là l'existence. Paul devait savoir pour ne pas m'en avoir empêché : lumineux !

« *Mais revenons à nos moutons.*
Si j'ai bien compris, vous avez envoyé divers courriers adressés aux autorités les prévenant d'un incendie de Notre-Dame de Paris prévu à la mi-avril.
Vous avez confirmé vos assertions aux gendarmes territorialement compétents qui se sont déplacés pour vous entendre à ce sujet. »
Le greffier recommence à maltraiter son clavier.
« *Loin d'être classées, vos déclarations ont été exploitées mais, parce que trop imprécises, elles n'ont pas eu pour conséquence d'empêcher l'acte criminel qui aura détruit la charpente de l'édifice.*
Je suppose que la raison qui vous a poussé à alerter les autorités était d'empêcher cette destruction ? »

Bien entendu…

« *L'enquête judiciaire officielle retient un incendie accidentel, voire un crime non-intentionnel. Le savez-vous ?* »

Je l'avais lu ça dans la presse.

« *Mais il existe des images montrant une personne qui se promenait de façon suspecte aux abords de la flèche… * »

Elle réplique : « *Nous sommes au courant. Il y en avait même plusieurs et toutes sont des ouvriers du chantier de réhabilitation. Pour l'heure, aucune n'est suspecte. Ce n'est pas le sujet et l'enquête le déterminera avec certitude.*

Je voulais seulement savoir, parce qu'on ne néglige aucune piste, comment vous déteniez l'information relatif à cet incendie ? »

Que lui répondre ?

« *Avez-vous eu vent d'une rumeur de préparation d'attentat et dans ce cas, qui, où, quand ? Êtes-vous cartomancienne, avez-vous des dons de clairvoyance, êtes-vous spirite ?* »

La drôlesse…

« *Je ne sais quoi vous dire ?* »

Dites toujours…

« *Soit vous n'allez pas me croire, soit vous me prendrez pour une folle… * »

Je verrai bien…

Alors avec un sourire au coin des lèvres, je lui raconte que Paul de Bréveuil a menacé devant moi un agent du FSB russe de représailles au sujet de cet incendie.

« *Du FSB ? Rien que ça ? Quand et à quelle occasion ?* »

« *En novembre dernier dans le TGV parti de la gare du Nord pour Londres. Nous avions rendez-vous.* »

Donc il savait déjà à ce moment-là ? Comment ?

« *Vous savez, Paul de Bréveuil a des talents « hors du commun ». Et il en use.* »

De quels types de talents (qu'elle ne connaît pas déjà) ?

« *Il m'a fait voyager quelques jours plus tard sur la flèche du temps avec une technologie dont nous ne disposons pas. Ainsi j'ai pu rencontrer une personne qui aura participé à la première croisade et la prise de Jérusalem au XIème siècle.* »

Là, tout d'un coup la juge Trois-dom éclate de rire, prise par une vraie crise de fou-rire, tel que même son greffier ricane bêtement à son tour et par contagion.

Et moi, je n'en mène pas large, mais souris de les voir ainsi ouvrir grande la bouche à montrer leurs caries et bridges dorés…

« *Vous voyez, je vous avais prévenue : vous ne me croyez pas et vous me prenez pour une folle !* »

La pire des hypothèses…

Quand le calme est enfin revenu, la blondasse s'explique : « *Je vous parle de prémonition, c'est-à-dire du futur et, si je vous comprends bien, vous me répondez par une prescience du passé. Avouez que c'est fort drôle, tout de même !*

Vos croisés savaient-ils déjà que Notre-Dame de Paris, qui n'existait pas à leur époque, allait brûler justement à la mi-avril de cette année ? »

Elle n'a rien compris.

« *Si Paul peut voyager vers notre passé, il peut aussi le faire vers l'avenir.* »

Là, ça lui en bouche un coin, telle qu'elle redevient tout-à-coup très sérieuse…

Alors j'ajoute : « *Pourquoi croyez-vous qu'il ait besoin, si jeune, d'une biographe ?* »

Elle me regarde, ahurie, alors que son greffier suspend la frappe sur son clavier…

« *Parce que dans son avenir, il pourra découvrir son passé d'alors qui lui fournira des indications précieuses sur son présent du moment…* »

Je ne sais pas si j'ai été claire, mais c'est en tout cas ce que j'ai fini par comprendre et assimiler.

« *Vous voulez dire qu'il était présent à Paris le 15 avril dernier et qu'il est mêlé à cet incendie ?* »

Non, ce n'est pas ça.

« *Nous étions dans l'océan indien pour les fêtes de Pâques, en famille. Je veux dire que si son propre futur reste important pour ses desseins et ce dans les détails que je rapporterai, il n'aura pas manqué de garder en mémoire les événements du monde, dont l'incendie de Notre-Dame de Paris.*

Et quelques autres, je suppose.

Comme par exemple l'affaire Skripal. Ce qui explique la présence de l'agent Russe dans notre Eurostar ! »

Là, la juge est complètement perdue…

« *Je ne comprends pas. Vous me dites qu'il est toujours dans des affaires d'espionnage et de contre-espionnage, qu'il sait ce que vous n'avez pas encore écrit et que ça lui sert dans son quotidien présent ?* »

On peut dire ça comme ça…

« *Mais c'est dément, vous vous en rendez compte au moins ou non ?* »

Que lui dire d'autre sans lui mentir ?

« *Vous me croyez ou non, ça m'est bien égal, mais je commence à comprendre pourquoi il ne m'a pas interdit de faire mes courriers aux autorités.* »

C'est-à-dire ?

« *Il devait savoir que ça ne changerait rien au drame de l'incendie. Et si vous aviez lu son biographe « officieux », vous sauriez qu'il avait déjà fait l'expérience de « changer le cours de l'Histoire » à l'occasion du vol de l'avion allemand qui s'est écrasé en France depuis Barcelone, il y a quelques années de ça[19].* »

C'était ce que j'avais récemment lu de « I-Cube », sur son blog.

« Et ça n'a pas marché. Son intervention a eu juste pour effet de retarder le décollage d'une demi-heure. Là, pareillement : j'ai voulu intervenir, ce qui n'a rien empêché du tout.

En revanche, si je ne l'avais pas fait, jamais je ne vous aurais rencontrée pour ignorer jusqu'à votre existence et jamais je n'aurais eu les quelques informations que vous avez bien voulu me donner en début de cet entretien, pas même le nom de Scorff. »

Ce vieux crabe ? Quel intérêt ?

« Oh moi je suis payée pour raconter. Le reste m'est bien égal ! »

Justement, il a déjà un biographe, même officieux. Alors pour quelle raison une officielle en plus ?

« D'abord parce qu'I-cube ne raconte pas tout et en plus, il romance. »

Il ne peut pas faire autrement…

« Bien sûr et moi-même, je ne sais pas si je « n'embellirai » pas quelques détails pour les rendre plus précis. Mais surtout parce qu'I-Cube va mourir. Et il ne pourra plus se laisser « inspirer » comme par le passé. »

Mourir de quoi ?

« Ça, je n'en sais rien. Parfois, je doute même qu'il existe réellement et si ce n'est pas Paul de Bréveuil lui-même qui écrit sous ce pseudonyme. »

La juge Trois-dom avait eu vent de cette théorie…

Notamment quand elle a pu lire sa course-poursuite d'Ahmed-le-diabolique au-dessus de la Manche[20] : mais là, elle y avait participé, « pour de vrai ».

---

[19] Cf. « Les enquêtes de Charlotte », épisode « Mains invisibles – tome II », aux éditions I[3]

« *Personne n'est éternel, effectivement* » conclue-t-elle.

Et, sentant vraisemblablement qu'elle ne tirerait rien de plus de moi elle poursuit : « *Écoutez, j'ai été ravie de cet entretien et vous souhaite bon courage dans la poursuite de votre tâche. Mais vous ne m'avez pas beaucoup aidée.*

En revanche, si vous croisez Paul, vous le saluerez de ma part, s'il vous plaît. »

Ce sera fait, qu'elle n'en doute pas.

« *Je suis désolée de vous avoir contrariée avec ces histoires abracadabrantes de voyage dans le temps. Je sais bien que tout cela peut paraître stupide. Même moi, parfois je doute.*

Et pourtant, c'est comme cela que ça s'est réellement passé. »

« *Encore une question* », fait-elle en se levant. « *Plutôt deux : Paul est-il encore un agent spécial de nos services de sécurité et enfin, sait-il ce que je vais faire du rapport de notre entretien ?* »

En réalité, cela aura plusieurs conséquences importantes… que je n'envisageais même pas à ce moment-là.

« *Désolée, mais je ne connais pas la réponse à ces deux questions. Je peux juste vous dire que pour la première, ça reste un grand patriote reconnaissant et loyal semble-t-il, envers notre pays, ses institutions et ses autorités. Tout juste un petit nuage de contrariété à signaler à propos du poids de la fiscalité du pays.* »

C'est assez courant dans ce pays, précise la juge…

« *Quant à la seconde, si moi je ne sais pas encore, lui le sait probablement déjà notamment s'il y a des retombées de cet entretien le concernant et que j'en fasse mention ultérieurement.* »

D'accord, d'accord…

« *Et puis je suis désolée, je ne vous ai rien offert…* »

---

[20] Cf. « Les enquêtes de Charlotte », épisode « Parcours olympiques », aux éditions I³

Jamais pendant le service : « *Pas de regret à avoir, Madame.* »

Et ils prennent congé tous les deux…

Évidemment, persuadée que j'aurais à la revoir, sitôt après qu'elle soit partie, je reprends mes notes et m'enquiert d'un dénommé Christophe Scorff. J'en retrouve la trace sur des sites de presse et quelques archives des personnels en « inactivité » du ministère de l'intérieur.

« *Ah oui, l'inspecteur Scorff !* » s'exclame Paul quand je lui fais part du salut de la procureure…

« *Il ne m'a jamais grandement apprécié et c'est le seul flic qui m'aura mis en garde-à-vue !* ».

Il en rit encore.

« *C'est pourtant un bon flic. Invitez-le de ma part à Chennevières-sur-Marne. C'est sur cette commune qu'il crèche et passe son temps à taquiner la truite. « L'Écu du roy » que ça s'appelle. Carte bleue de la société, n'hésitez pas à lui faire plaisir. Et si Martine vous fait des ennuis, je donne des instructions à Oriane.* »

Martine, c'est la contrôleuse de gestion et Oriane, c'est la nouvelle secrétaire générale de la Cisa.

Chapitre 9ème

Christophe Scorff

Je n'ai pas trop de mal à trouver l'adresse de Christophe Scorff, sauf qu'il n'a pas de téléphone dans l'annuaire : il faut que j'en passe par Dimitri et son logiciel pour le contacter sur son portable afin de l'inviter à déjeuner.

« *Que me vaut cette invitation d'une inconnue ? Les effets du reste de mes charmes méditerranéo-slaves ?* »

Celui-là, s'il continue sur ce ton, ou il est con ou je ne m'y connais pas…

Quand je lui explique ma démarche et lui parle de Paul, là il change heureusement de registre.

« *Ah, Paul de Bréveuil ! Un sacré numéro celui-là. On enquête enfin sérieusement sur lui ? Qu'est-ce qu'il a encore fait de tordu ?* »

Non, non, juste sa biographie en cours d'élaboration.

« *Eh bien, si j'en reçois un exemplaire un fois terminé, je veux bien déjeuner avec vous* », me fait-il d'une voix au timbre puissant.

« *Il y a un excellent restaurant à côté de chez moi, « l'Écu du roy ». Si c'est vous qui invitez, je ne dirai pas non au menu dégustation…* »

Décidément, « l'Écu du roy », et à deux reprises dans les mêmes 48 heures…

Et c'est vrai que c'est charmant : probablement une ancienne halte sur le chemin de la capitale pour les bateliers d'un autre siècle en bord de Marne.

Trois bâtiments et un kiosque à musique, mais surtout une grève pour y amarrer des péniches ou des barges de petits gabarits.

Il n'y a plus de bateliers sur la Marne, l'autoroute A4 et la TGV-Est ayant tué le métier, mais des kayakistes qui y trouvent des eaux calmes.

Le bonhomme est petit mais « massif », style pilier de rugby. Je le dépasse d'une tête. Il a encore quelques cheveux, le nez cassé, le teint basané par les parties de pêche en plein air, quelques cicatrices sur le visage, des mains à broyer les doigts tel que, j'en suis sûre, il est capable de briser des noix avec une seule main.

Heureusement, il maîtrise sa force et sait se faire doux avec les miens.

Et il a la voix grave.

Il émane une sorte de « force tranquille » dans ses propos, allure et comportements qui donne confiance : c'est peut-être un leurre.

« *Alors vous vous intéressez à de Bréveuil, alias « Charlotte » ?* »

Eh oui, Alex est sur les traces de Charlotte, et enquête toujours et encore, sur son passé depuis qu'elle l'a retrouvé, désormais.

« *C'est un phénomène. On a un dossier gros comme ça sur avant que je ne quitte mes fonctions.*

Mais il y en a également un dans les archives du ministère des armées, un autre à l'ex-DGSE, un quatrième à la DCRI, bourrés de notes blanches que je n'ai pas toutes lues et probablement un cinquième au ministère de l'industrie ! »

Plus celui de Bercy…

« *Ah oui, nécessairement.* »

Mais comme tout le monde…

« *Par quoi commencer ? Qu'est-ce qui vous intéresse ?* »

Je lui explique les grandes lignes de ma mission et lui recommande de commencer par le début.

Il fait beau, le soleil jette une lumière douce : on a le temps…

« Eh bien, au début, je suis en poste au SRPJ de Marseille et je dirige l'enquête sur le vol des bijoux d'une biennale de joailliers en Corse[21]. Mais aussi sur une série de meurtres qui ont eu lieu à cette occasion-là. Le propriétaire des lieux, lui-même bijoutier, compte parmi les victimes ainsi que les personnes cantonnées dans son local de sécurité et la trace de trois… « exogènes » venus là en parachute, dont un, mort brûlé vif… »

Quelle horreur…

« Un sacré méli-mélo !

Évidemment, le caractère crapuleux saute immédiatement aux yeux, mais c'est une affaire hors-normes, parce qu'au lieu d'avoir un seul malfaiteur et son équipe à arrêter, il y en avait quatre. »

Comment ça ?

« Je vous explique. Les grands noms de la bijouterie internationale exposent tous les deux ans leurs créations devant quelques VIP acheteurs habituels et l'exposition est ensuite ouverte au public quelques jours, histoire de bien faire baver d'envie le bas-peuple des « VNP », les va-nu-pieds.

Les VIP en veulent naturellement pour leur argent et, comme on n'attire pas les mouches avec du vinaigre, l'événement est accompagné de concerts, ballets, compétitions sportives, d'un défilé de mode, et même un spectacle pyrotechnique qui mettent sur les dents les services de sécurité publique.

Je crois que cette année-là étaient prévus également un show aérien et une ou plusieurs courses nautiques, je ne sais plus.

Tout se passe bien jusqu'à la soirée de gala.

Et là, ça déraille.

---

[21] Cf. « Les enquêtes de Charlotte », épisode « Le feu », à paraître aux éditions I³

Un feu de maquis dévale sur les abords de la maison du bijoutier qui sert d'écrin à l'exposition elle-même, tel qu'il lui aura fallu évacuer dans l'urgence les 400 personnes invitées.

Un groupe de « tankistes »… »

Des tankistes ?

« … Oui. Je les appelle comme ça parce qu'ils ont forcé l'entrée du domaine avec un half-track de récupération armé d'une mitrailleuse de 12,7. Ça fait de gros trous…

Donc ceux-là force l'entrée en vue de parvenir jusqu'à la salle d'exposition qui est installée dans de superbes cavernes naturelles en sous-sol.

Mais on découvre également le cadavre d'un parachutiste tombé au milieu du maquis en feu et deux autres parachutistes ont laissé des armes et du matériel de défoncement sur un des rochers qui surplombe la propriété et auxquels étaient adossés des ascenseurs d'accès aux grottes et les prises d'air de la ventilation des salles d'exposition.

Ceux-là n'ont jamais été identifiés : ils ont fui dans la panique provoquée par l'incendie.

Et plus tard, on découvre dans les égouts qu'un autre commando s'apprêtait à s'introduire dans les grottes par les réseaux d'écoulement des eaux de ruissellement résiduelles.

Ils n'auraient jamais atteint leur objectif ou alors trop tard.

Comme on a pu les identifier et les arrêter, on a pu reconstituer partiellement le déroulé de ce casse-là.

Car les bijoux se seront évaporés par où ils sont rentrés, c'est-à-dire par la porte d'entrée de service, extraits par la famille de l'organisateur, celui qu'on a retrouvé mort sur le seuil de sa porte, assassiné d'un gros trou de 9mm dans le buffet, une arme qu'on n'a jamais retrouvée. »

Autrement dit une quatrième équipe…

Beaucoup pour un seul butin, en effet !

« *Disons qu'au début on se demande si finalement l'évacuation des collections n'était pas une façon de les protéger. Mais ça ne colle pas.*

Le seul sur place et encore vivant qui connaissait tous les secrets des équipements de sécurité et des procédures, c'était Paul de Breveuil, délégué général de l'exposition. Du coup, j'ai été bien obligé de l'arrêter.

Et il n'a pas apprécié.

Mes enquêteurs vérifient son passé militaire et ses dires, et, si ça reste un type qui a déjà fait du cachot sous l'uniforme pour avoir ouvert le feu un jour sur des Talibans[22] sans autorisation, c'est manifestement un « fort en caractère ».

Mais en réalité, je n'ai rien contre lui : au moment des faits, il défend la maison avec une lance d'arrosage des jardins et potagers après avoir fait évacuer les VIP… Les pompiers en témoigneront. Pour le vol des collections de bijoux, il ne sait rien et nous dit que « ce n'était pas prévu ».

Le type impeccable, propre sur lui et qui, s'il n'a rien vu venir, nous aura aidé à reconstituer le déroulé de ces opérations. »

Et ?

« *On a arrêté les « tankistes », une équipe de malfrats locaux. Nous avons échappé les « parachutistes » mais pas les « égoutiers ».*

Mais en réalité, on n'a compris que plus tard que c'étaient les tauliers qui avaient eux-mêmes monté ce coup-là dans le dos de de Bréveuil qu'on a même cru un temps être leur complice, d'où une deuxième garde-à-vue qu'il a encore moins bien appréciée, après qu'il ait récupéré les bijoux volés dans plusieurs caisses immergées au large de la Baie de Calvi, le lieu du drame.

Et ça emportait que la fille du taulier était complice de son père décédé.

---

[22] Cf. « Les enquêtes de Charlotte », épisode « Opération Juliette-Siéra », aux éditions Book Envol

Tout ce petit-monde a été jugé et condamné après plusieurs mois d'enquête et votre protégé a été totalement blanchi… »

Je ne connaissais pas ces détails : il faudra que j'y revienne.

Plus tard, Paul me conseillera d'en faire un volume à part entière.

Ce n'est pas tout.

« La seconde fois où je l'ai croisé, j'étais muté à Paris au grade de commissaire, suite à l'affaire des bijoux de la Guilde qui m'avait valu cette promotion et, chargé d'enquêter sur la mort atroce d'un ancien juge d'assises à la retraite.[23] »

C'est l'épisode déjà évoqué par la procureure Trois-dom rencontrée une paire de journées plus tôt.

« Je ne sais pas comment « Charlotte » a été mis sur le coup, mais cet assassinat, perpétré au couteau à pain — je ne vous raconte pas les détails sordides — l'amène à suspecter deux sœurs anglaises résidant alors entre l'Ardèche et Lyon.

Bonne pioche : elles se faisaient justice elles-mêmes après l'assassinat par un malfrat local en Corse de leurs parents. Le président de la cour d'assises charcuté au couteau à pain, l'avocat général mort empoisonné sous les yeux de tout le corps professoral de la faculté où il donnait son dernier cours, les prochains sur la liste étaient les assesseurs et les jurés pour finir par l'avocat de l'accusé.

Or, cet avocat était le frère aîné de « Charlotte ».

Il avait si bien défendu son client, soulevant les points de faiblesse de l'instruction qu'il a fini par obtenir l'acquittement de son client. Et c'est tout juste si celui-ci n'a d'ailleurs pas reçu les félicitations du jury ! »

---

[23] Cf. « Les enquêtes de Charlotte », épisode « L'affaire Féyard », à paraître aux éditions I³

Le grand frère Jacques… il faudra que je le rencontre lui aussi.

« En réalité, le type était le fils d'un malfrat international qui aura acheté ou menacé tout le monde pour protéger son gamin.

Le parquet s'est pourvu en cassation, mais le gamin était libre et pavoisait dans les rues de la capitale après avoir tué le père des gamines, violé et tué sous leur yeux leur mère et assumé une fusillade dans le restaurant où ça s'était passé avec les forces de l'ordre en faisant plusieurs blessés, dont un sauvé de justesse par les pompiers. »

L'horreur, effectivement.

« Ce gars-là, dès sa levée d'écrou, je le filochais avec mon équipe. De près, de très près et de façon très visible.

Il a fini par s'énerver et on lui a troué le cuir dès qu'il a sorti une arme. Même pas eu le temps de dire ouf ! »

Mais il n'y a pas eu que ça.

Ah ? Quoi d'autre encore ?

« Eh bien, après l'affaire de la Guilde, cet aviateur s'est mis en association avec l'actuaire de la compagnie qui avait assuré la manifestation contre le vol et les dégradations pour créer une boîte de privés, « CAP Investigations ».

Vous savez, nous les flics, on n'aime pas trop les privés, mais ils ont eu une licence d'exploitation et se sont retrouvés mêlés à plusieurs affaires, je ne sais pas trop comment, comme l'affaire du juge Féyard, par exemple, où ils nous ont bien aidés.

Chronologiquement, je crois que notre oiseau a d'abord fait une mission de contre-espionnage pour un groupe aéronautique national et j'ai cru à ce moment-là qu'il était un membre de la DGSE[24].

---

[24] Cf. « Les enquêtes de Charlotte », épisode « Ardéchoise, cœur fidèle », à paraître aux éditions I³

Plus tard, j'ai appris que non, mais il a gagné ses galons dans la communauté du renseignement et travaillait sur des missions spéciales directement pour la Présidence.

Une de ses spécialités, que j'ai découverte sur le tard, et il en a des quantités, c'est qu'il était capable de poser son hydravion « sur une flaque d'eau », ce qui lui a permis de faire des extractions en territoire hostile de nombreuses fois. »

Ah oui ?

« Et puis je l'ai recroisé encore dans l'affaire de la « liste des mille[25] ». »

C'est quoi, lui demande-je ?

« Un « truc » un peu halluciné de meurtres sur commande pour obtenir des organes neufs à de riches clients. Les responsables maquillaient leurs crimes en accidents et noyaient le tout sous la forme d'une menace terroriste visant 1.000 personnes des hautes-sphères gouvernementales, histoire de faire pression à l'occasion de la première loi bioéthique du temps du président Krasosky. Mais ce qu'il y avait de curieux, c'est que les premières victimes n'avaient aucun lien avec le pouvoir politique.

Je crois qu'il a sauvé la vie de son frère Jacques une seconde fois à cette occasion-là, en nous faisant croire qu'il s'était noyé au moment du crash de son avion en mer Adriatique.

Tu penses bien, un pilote d'élite capable de se poser « sur une flaque d'eau » qui va à Dubrovnik sans ses flotteurs avec son frère en fuite, ça ne collait pas tout-à-fait ! » Et ensuite ?

---

[25] Cf. « Les enquêtes de Charlotte », épisode « Au nom du père », à paraître aux éditions I³

Chapitre 10ème

Charlotte Maltorne

« *Je ne sais pas trop ce qu'il est devenu dans l'intervalle, il faudra que vous épluchiez les archives d'autres ministères, mais à un moment, CAP Investigations est victime d'un attentat. L'équipe se dissout et s'éparpille jusqu'aux États-Unis. Je n'ai pas eu à enquêter, mais la rumeur dit que les ordres venaient du « Château », entendez le palais de l'Élysée.*

Là, vous verrez ça avec l'état-major de la gendarmerie : ils lui avaient collé à ses basquettes un bon flic à la retraite, mais je ne sais pas pour quelle mission commandée.

En revanche, je me souviens bien qu'il a été victime de plusieurs attentats. D'abord dans sa boîte de détective privé mais l'enquête n'a rien donné et a rapidement été classée par la hiérarchie. Puis en Normandie. Vous verrez ça avec le peloton de Lisieux qui a enquêté.

Puis une autre fois chez lui à Paris : là, il y a eu mort d'homme, un colonel de la CIA et l'affaire a été suivie par la procureure Trois-Dom[26] et c'est d'ailleurs la dernière fois que j'ai croisé votre oiseau.

Ce que je peux vous dire en revanche, c'est qu'il a été mêlé de près ou de loin à une tentative d'attentat contre le Président Landau, un 14 juillet[27].

---

[26] Cf. « Les enquêtes de Charlotte », épisode « Parcours olympiques », aux éditions I[3]

[27] Cf. « Les enquêtes de Charlotte », épisode « Mains invisibles », aux éditions I[3]

C'était probablement sous la houlette d'un ancien amiral… »
Morthe-de-l'argentière ?

« *… exactement !*
D'ailleurs, à eux deux, ils avaient préalablement monté un logiciel prédictif anti-terroriste qui semblait fonctionner assez bien, mais, je ne sais pour quelle raison, les services ne l'utilisent plus pour préférer celui d'une entreprise américaine… »
Là, je pouvais enfin faire le lien : la Cisa.

Il m'en racontera d'autres pour finir par me dire qu'il faut que je rencontre Charlotte Maltorne et sa comparse Aurélie Colagne pour en savoir plus et être complet.
Il ne manque pas de me conseiller d'interviewer Gustave Morthe-de-l'Argentière.
Notamment sur les attentats dont Paul de Bréveuil a été victime.

« *Je ne sais pas comment il a fait : il y a des mystères dans sa vie. Notamment quant à la façon où il a été tout seul à libérer son épouse d'entre-les-mains de salafistes algériens.*
Ça aura coûté la vie à un guide de haute montagne en balade en Algérie. Probablement en représailles[28].
Je n'en sais pas plus, dans la mesure où ça relève du ministère des affaires étrangères.
Ni comment il s'est débarrassé d'une équipe de tueurs à gage, trois ou quatre au total, je crois savoir, mise à ses trousses pour une histoire américaine[29]. C'est, comme je viens de vous le dire, la gendarmerie qui a été chargée de l'affaire. Mais j'ai suivi ça de loin. »
Trois ou quatre tueurs professionnels ?

---

[28] Cf. « Les enquêtes de Charlotte », épisode « Mains invisibles – tome II », aux éditions I³

[29] Cf. « Les enquêtes de Charlotte », épisode « Laudato sì », à paraître aux éditions I³

« Tu parles d'une profession… Oui, le premier a été abattu par des malfrats locaux qui tentaient de mettre à sac son restaurant en Normandie : une affaire de racket très classique, où il y a eu une fusillade et des morts, mais Paul n'était pas présent. Le tueur ne s'en est pas tiré, alors qu'on n'a su qu'après qu'il s'agissait d'un tueur à gage, armé comme un porte-avions.

Le second carrément sous ses fenêtres en Normandie et le dernier sur l'autoroute A13.

Il a une baraka pas possible…

Et puis il a probablement eu la peau du commanditaire : un millionnaire américain qui faisait dans la culture de perle, retrouvé mort dans un hôtel des bords du Lac Léman. Un dénommé William River, ou quelque chose comme ça[30].

Là encore, c'est un dossier de la gendarmerie, et je n'ai pas eu tous les éléments sur ce dossier-là. »

Je prends des notes et des notes : une vraie mine d'informations, ce Christophe Scorff.

« Je ne sais pas ce qu'il est devenu depuis que je ne suis plus d'active. Un métier vraiment très lourd. »

Il est devenu pluri-milliardaire.

Comment ça ? Il savait que « son oiseau » irait loin, mais milliardaire, tout de même…

On n'en parle jamais dans la presse !

« Vous lirez ça dans la biographie qui sera éditée. Je vous enverrai un exemplaire. »

Il me remercie et on a parlé de son passé de flic : un vrai roman !

Ainsi que de ses ennuis de santé : il a été opéré d'un cancer de la prostate qui dégénère en cancer des os qui le fait souffrir jour et nuit…

---

[30] Cf. « Les enquêtes de Charlotte », épisode « Laudato sì », à paraître aux éditions I³

Puis, nous nous sommes séparés en se promettant de se revoir.

Il n'a même pas voulu que je le raccompagne chez lui, qui est situé à une centaine de mètres du restaurant, et j'ai pu constater qu'il tient bien l'alcool à marcher droit après un double whisky, un pastis, trois-quarts d'une bouteille de blanc et autant d'un Bordeau, le café et deux doubles-Cognac « bien tassés » en « pousse-café », jusqu'en milieu d'après-midi.

Alors que je me suis contentée d'un kir et d'une carafe d'eau… je conduisais.

Le surlendemain, j'étais enfin dans les locaux de Charlotte Maltorne, celle dont la pointe du nez bouge de haut en bas quand elle parle, et pour deux raisons.

L'enquête sur mon père et désormais l'enquête sur Paul. Et je lui réexplique mon rôle de biographe.

En fait, je l'ai croisée plusieurs fois auparavant : d'abord dans cette exposition de photo où elle exposait des clichés d'Aurélie, « sa pote », avant que je ne rencontre Paul, puis dans les caves de la « basilique-Poutine » à Paris et nous avions fait le voyage de mise en sécurité en Normandie ensemble dans la foulée[31].

Charlotte et Aurélie devaient récupérer de leur aventure. Et je n'ai pas pu les interroger, l'une faisant une sorte de dépression nerveuse et l'autre s'inquiétant pour la première.

Il faut dire aussi que j'ai été happée jusqu'à Pétra à ce moment-là.

On devait se voir avant Noël, mais ça ne s'est pas fait : Aurélie ayant adopté un mode de vie « troglodyte »,

---

[31] Cf. « Les enquêtes de Charlotte », épisode « Alex cherche Charlotte », aux éditions I[3]

c'est-à-dire dormant nuit et jour et ne sortant plus de chez elle, fenêtres et portes closes, Charlotte aura voulu la secouer en lui offrant des vacances à la montagne.

Pas vraiment un succès, parce qu'en janvier, Aurélie est hospitalisée à Sainte-Anne et Charlotte n'est plus très disponible pendant quelques semaines.

Ce n'est que fin avril qu'elle a pu me consacrer une matinée.

« *Pfft, comme s'il avait besoin de ça…* (en parlant du projet de biographie). *C'est de la pure mégalomanie. Enfin… Je voulais surtout vous remercier de nous avoir tiré des geôles des Russes. Jamais je n'aurai pensé que le Capitaine Igor pouvait jouer un double-jeu aussi cynique. On lui a quand même apporté des éléments déterminants pour les sortir du guêpier de l'affaire Skripal[32].* »

Ils avaient un autre plan.

« *Et lequel donc ? On collaborait sans entrave ni restriction.* »

C'était à Paul de lui dire qu'ils cherchaient à l'atteindre lui, à travers elles deux.

« *Je crois savoir que Paul vous avait prévenues de ne pas vous mêler de cette affaire-là !* »

Je l'aurai insultée ou envoyée un uppercut à la tronche, l'effet aurait probablement été le même : une rage contenue qui débouche sur l'abattement après un bond sur son fauteuil.

« *Il s'est toujours mêlé de ce qui ne le regarde pas et a toujours été une entrave pour ma carrière.* »

Qu'elle explique…

Une fois calmée, elle se fait plus précise : « *Oh, c'est très simple. C'est un odieux phallocrate macho ! Je me suis faites*

---

[32] Cf. « Les enquêtes de Charlotte », épisode « Alex cherche Charlotte », aux éditions I[3]

lourder d'un job bien payé dans une compagnie d'assurance, au motif que je me serai trompée dans l'évaluation d'un risque de vol de bijoux. Et c'était déjà lui qui traversait ma route, puisqu'il était le responsable technique de l'événement assuré. »

Elle s'est rattrapée depuis avec « CAP Investigations ».

« *Oui, enfin il ne faut rien exagérer. C'est Aurélie qui nous a mis sur la piste des bijoux volés et c'est vrai qu'avec notre prime d'aviseur, on a pu rebondir. Mais rebondir cahin-caha quand lui faisait des missions de contre-espionnage et de police où il tirait déjà toute la couverture et la gloire des sunlights à lui. Un pingre égoïste, vous dis-je !*

Tenez, prenez un exemple. Un jour je vois sur les comptes de la boîte débouler trois millions d'euros d'un coup. Bé au lieu d'en laisser pour assurer la trésorerie nécessaire aux opérations courantes, il les sort en intégralité au titre de notre clause croupier !

Et tout est comme ça avec lui... »

Paul confirmera : « *C'était pour financer mon premier prototype hypersonique qui devait tester les céramiques réfractaires mises au point à la MAPEA... Elle est gonflée tout de même : à chaque fois qu'elle a eu besoin d'argent, je le lui ai prêté et elle ne rembourse jamais, pas plus qu'elle ne paye les services rendus par la Cisa !* »

« *Une autre fois, nos locaux des Halles ont été victimes d'un attentat. « DD »* (que je connaissais) *était déjà crépue de nature, mais là elle sentait en plus le cochon brûlé ! Vous savez quoi ? Il nous intimé l'ordre de quitter le pays...*

Moi, ça m'était égal : Aurélie voulait faire des photos et des expos en Californie, alors on a déménagé et j'ai monté une boîte de sécurité informatique sur la côte ouest que j'ai revendue par la suite avec une jolie plus-value.

Mais quand il a s'agit de rentrer au pays pour monter une boîte de sécurité des personnes, parce que les enquêtes sur recherche d'héritiers et les filatures pour adultère, ce n'est pas ce qui fait gagner de l'argent… non seulement il n'a même pas voulu être notre associé, mais il revendiquait d'appeler la sienne de son surnom, comme le mien ! Et il était déjà ailleurs sur des projets aéronautiques de dingue. »

Paul en dira : « *Ce n'est pas vrai ! Elles ne me l'ont pas proposé, mais j'ai quand même participé au financement des expos d'Aurélie et prêté l'argent au lancement de leur boutique de « sécurité des personnes » ! La « CIA » pour Charlotte Investigations Agency, tu parles d'un nom, alors que mon surnom de « Charlotte » est notoirement connu dans le monde aéronautique !* » précisera Paul.

M'est-il nécessaire de démêler le vrai du faux ?

« *Et quand la mission sur Skripal nous est tombée dessus, il m'avait demandé de ne pas la faire alors que sans elle, je n'aurai pas passé la fin de l'année !* »

Elle oublie qu'elle aura failli y rester et qu'Aurélie ne s'en remet pas…

« *Non, non, je vous assure, un mégalo ! La preuve, il embauche une plumitive* (merci pour le qualificatif me visant !) *pour faire sa biographie à 44 ans même pas révolus ! Mais c'est dingue. Il est archimillionnaire, mais il ne pense même pas à aider celles qui lui ont mis le pied à l'étrier !* »

Il a ses raisons presqu'impérieuses…

Et 44 ans, ça paraît court pour un « quinqua ». Mais tout compte fait, c'est elle qui doit avoir raison quant à son âge légal.

Ceci dit elle lui reconnaît finalement quelques talents tout de même :

« *C'est une remarquable intelligence intuitive. Je ne sais pas comment il fait, mais il va souvent directement à la conclusion, surtout ces derniers temps, alors qu'on navigue souvent dans le brouillard dans nos enquêtes.*

Moi, je suis une « déductive ». Quand A implique B et que B implique C, A implique donc C. Et quand A exclue B alors que B implique C, alors A exclue C, point-barre. Ce n'est pas si compliqué à comprendre.

Le raisonnement est linéaire alors qu'avec lui, peut-être parce qu'il a une capacité hors-norme de synthèse de nombreux éléments diffus, il arrive à des conclusions qui sont en général vérifiées par la suite, mais de prime abord, complètement improbables. »

En fait, tout le temps finit-elle par reconnaitre.

« Un vrai talent. »

Et puis après moult détails et anecdotes, elle finit lors de notre dernier entretien du mois de mai par aborder enfin le sujet de ma filiation paternelle.

« Vous savez, je n'en ai pas l'air, mais j'ai poursuivi mes recherches au sujet de votre père. C'est un peu compliqué que de fouiller des archives passées qui n'ont pas été digitalisées, mais je suis tombée par hasard sur une série de comptes-rendus d'activité des années 90 de l'agence de l'AFP de Koweït-city, numérisés depuis des microfiches.

On y trouve les mouvements du personnel, les titres des télex envoyés ou reçus, les noms des personnes rencontrées ou croisées, les déplacements effectués, mais rien de plus. Pas un seul document de nature comptable, par exemple. »

Et alors ?

Chapitre 11ème

Mon père, William River...

Alors ma mère est arrivée sur place en janvier.

« *Il y avait quatre personnes à l'antenne. Le chef d'antenne, marié avec des gamins à charge. Le chauffeur homme à tout faire de la boutique, un africain. Votre mère et une stagiaire élève de science-po pour l'été.*

Si on met de côté le chauffeur, compte tenu de votre couleur de peau et si l'on imagine une aventure entre le chef d'antenne et votre mère, ça ne colle pas : vous êtes née un 16 avril. Donc conçue mi-juillet, sauf si vous étiez prématurée, ce qui ne semble pas être le cas compte tenu de votre carnet de santé de bébé. »

Elle est allée jusqu'à le consulter : j'étais un « beau-bébé » de 4,5 kg, 55 cm, toute joufflue...

« *Or, le chef d'antenne était en France pour raison de santé de son épouse et il n'était même pas sur place quand les Irakiens ont envahi le Koweït ! C'est votre mère qui a assumé le scoop mondial, ce qui lui a valu une mutation à Washington pour « bons et loyaux services ».*

Par conséquent, il s'agit d'une tierce personne issue de son entourage, mais ça peut être n'importe qui d'origine locale. Le problème, c'est que les hommes francophones, d'après les rapports d'activité, ne sont pas très nombreux et tous issus du personnel de l'ambassade.

Je me suis alors activée sur les registres des entrées et sorties de nationaux signalés justement à l'ambassade : ils ne sont pas très nombreux. Ils arrivent pour leurs affaires et repartent assez vite compte tenu du climat.

En revanche, l'antenne entretien des relations suivies avec plusieurs dirigeants du pays et quelques confrères anglo-saxons : ils avaient coutume de se rencontrer pour échanger leurs tuyaux une fois par semaine dans un restaurant de bord de mer.

Mais votre mère n'y a participé qu'à l'époque de l'absence de son chef, du mois de juin jusqu'à début août.

Après cette période, c'est plus confus : beaucoup manque à l'appel pendant l'occupation des Irakiens.

Des anglais ont été arrêtés et déportés en Irak, des américains ont disparu du circuit ou ne sortaient plus de leur ambassade.

Idem pour le personnel diplomatique des français. »

A-t-elle une liste de nom ?

« *Bien sûr, mais je n'ai pas fini de faire mes recherches… »*

Ma mère était bilingue anglais. C'est peut-être de ce côté-là qu'il faut chercher.

« *Et pourquoi pas un Koweïtien ?* » me réplique-t-elle.

« *Vous croyez que j'ai le type local, franchement… »*

Il est vrai qu'avec mes cheveux tirant plutôt sur le roux et ma peau laiteuse, on cherche plutôt un indo-européen, type caucasien.

« *Votre mère avait peut-être des gènes dominants… »*

Vague et approximative, comme explication… d'autant qu'elle n'était pas rousse d'après ce que j'en sais.

Mais elle reprend : « *Il faut que je retrouve la trace de la stagiaire. Peut-être nous donnera-t-elle un détail qui fera avancer mes recherches. »*

Ses recherches… j'aime bien cette appropriation : dans sa tête, elle me doit une fière chandelle, même si je n'y suis pour rien, elle ira au bout de son pari et je n'aurai plus qu'à tenter de faire sa publicité dans un des canards en lien avec mon ex-agent !

« *Je dois vous dire que par acquis de conscience, j'ai étendu le répertoire de mes recherches jusqu'à la période de la mi-août : peut-être avez-vous été conçue pendant l'occupation irakienne et que vous êtes née prématurée.* »

Ma grand-mère, celle que je venais d'enterrer il y a seulement quelques mois, ne m'en a jamais parlé.

« *Oui c'est possible mais peu probable compte tenu de mes mensurations de naissance.* »

On sait pourtant qu'il n'y a pas eu d'exactions contre des européennes, hors les arrestations et déportation pour faire « bouclier humains »…

Le viol est un péché privant le croyant du paradis d'Allah qui n'épouse pas : c'est même pour cette raison que Le Prophète avait tant d'épouses m'avait expliqué Paul…

Faites ce que je dis, pas ce que je fais : il était « Le » prophète, l'unique et le dernier pour les musulmans et ceux-là ont droit à une première épouse, plus trois autres pour racheter leurs adultères successifs.

Nous nous sommes revues plusieurs fois.

D'abord pour aborder les « affaires avec Paul », puis, en fin d'entretien pour faire le point de ses recherches en cours sur mon père.

Jusqu'à ce que…

William River, un nom qui revient plusieurs fois dans ce récit et dans les reconstitutions du parcours de ma mère au Koweït par madame Maltorne.

Chez cette Charlotte-là, dont le nez bouge quand elle parle, mais encore dans les propos de Christophe Scorff, l'ex-directeur de police à la retraite, et surtout dans le blog d'I-Cube !

C'est que je parviens enfin à faire le tour de ses « romans » à celui-là, sauf que je n'ai toujours pas le premier épisode « Opération Juliette-siéra » que j'attends pourtant de son éditeur payé pour se faire.

Et il se trouve qu'il attribue à Paul de Bréveuil un second saut dans le passé, après celui fait en Algérie pour sortir Florence Chapeuroux des griffes de ses ravisseurs[33].

Ça se passe au moment où elle est en Californie pour se faire réparer sa jambe plus courte que l'autre[34]. C'est là qu'elle le trompe avec « Junior n° 5 », ce qu'elle a par ailleurs évoqué et confirmé, et que lui parvient de façon un peu mystérieuse (je n'ai rien compris du mécanisme de cette plus-value rocambolesque sur des titres de bourses…) à redevenir millionnaire, ce qui va lui permettre d'investir dans la création de son « système-expert » antiterroriste appelé « BBR ».

Un document finalement très complet sur les derniers jours à Koweït-City avant l'invasion irakienne et sur le déroulé de l'opération « tempête sur le désert » menée par la coalition internationale occidentale.

C'est incroyable de précision toute journalistique… Un vrai reportage[35] !

On y croise un certain Gérard Dupont (lui, c'est une fausse identité de Paul, j'en aurai la confirmation plus tard quand il me mettra sous le nez un passeport périmé

[33] Cf. « Les enquêtes de Charlotte », épisode « Mains invisibles – tome II », aux éditions I³

[34] Cf. « Les enquêtes de Charlotte », épisode « Laudato sì… », à paraître aux éditions I³

[35] Cf. « Les enquêtes de Charlotte », épisode « Laudato sì… », à paraître aux éditions I³

à ce nom avec sa photo) qui rencontre un certain William River, tous les deux photographes professionnels. Sauf que le second est accrédité auprès du Washington-Post et le premier est soi-disant envoyé par l'AFP.

Et les deux parlent de ma mère, Camille Dubois...

Là, je ne sais plus s'il s'agit d'un roman ou encore un tour « pourri » de Paul soi-même qui dicte à I-Cube ce laïus, mais les deux sont présents dans la liste remise par Charlotte Maltorne. Si c'est l'effet du hasard, le hasard est bien fait à tel point que de ressembler à une véritable histoire « vraie ».

Je veux dire vécue.

Ça me déconcerte quand même un peu : quel crédit doit-on donner à ces récits ?

Le premier, Gérard Dupont est donc une fausse identité sous laquelle se promène « mon » Charlotte de patron au Koweït. Et il aurait fait l'amour avec ma mère le soir de l'invasion irakienne, sur le bord de l'autoroute entre la frontière et la capitale du pays. Une autoroute surnommée plus tard « l'autoroute de la mort » où les troupes irakiennes ont été taillées en pièces par l'aviation coalisée au moment de leur repli en Irak : une épouvantable hécatombe à l'occasion de la « bataille des 100 heures ».

Et il reste un témoin de cet épisode nocturne là : la stagiaire qui y a participé.

Je la rencontre dans les jours qui suivent. Identifiée par le logiciel de la Cisa comme la PD-G de l'entreprise de cartonnage de son père, située à Palaiseau. Elle a fait Science-po et l'Essec avant de faire carrière dans une banque, puis chez un courtier en assurances.

Son métier actuel consiste à se faire livrer du carton ondulé sur lesquels elle imprime des logos sur une face, cartons que l'on coupe, cisaille et prépare à être pliés, en format de cagettes ou de boîtes américaines d'archive pour être ensuite livrés à plat sur palettes filmées : ça craint l'humidité !

Mariée, mère de famille, très BCBG Neuilly-Auteuil-Passy sur elle, elle a gardé son emplanture de cheveux très haut sur le front, presque la moitié du crâne, qui lui donne l'allure d'un insecte et ses petits yeux verts rajoutent à l'effet ainsi provoqué.

Mais elle est charmante et me réclame l'anonymat avant de confirmer l'épisode.

Effectivement, ils sont allés sur l'insistance du photographe français jusqu'aux abords de la frontière où tout était pourtant calme jusqu'au petit matin, même si l'atmosphère politique et diplomatique était particulièrement tendue à ce moment-là : tout le monde pensait qu'une solution diplomatique finirait par s'imposer entre les deux pays, aidés par quantité de « messagers de la paix » venus de toutes parts du monde arabe.

« Il faisait froid et Gérard était beau mec, bien bâti, une belle tête et des allures athlétiques. J'avoue que c'est moi qui aie commencé à « l'asticoter », parce que franchement j'en avais envie : dans ce pays-là, à cette époque-là, les occasions n'étaient pas très nombreuses de se faire dérider les fesses et j'étais loin de mes potes de la rue Saint-Guillaume. Encore célibataire, j'avais besoin de me défouler.

Excusez-moi si je vous parais vulgaire pu grossière, mais la vie monastique au milieu du désert, ce n'est pas vraiment un paradis !

À moins d'épouser un local ou de passer pour une pute dévergondée que tout le monde pouvait souiller sans encombre ni inconvénient, pour une fois qu'on tenait un français, je ne me suis pas privée…

Votre mère non plus profitant de la nuit pour dissimuler son handicap facial.

Et comme Gérard était « un vaillant », nous avons épuisé notre réserve de préservatifs ce soir-là et on s'est arrêté quand les premiers coups de feu ont été tirés. »

Il faut dire que la division Hammourabi faisait défiler sous leurs yeux ses chars dans un vacarme épouvantable et que leur pick-up refusait de démarrer : « *Il a fallu qu'on le pousse pour un démarrage « à la parisienne ». »*

Je ne connaissais pas l'expression…

« *Et Camille a pu lancer son télex historique depuis nos locaux deux heures plus tard. C'est comme ça que ça s'est passé. Flippant, finalement. »*

Une guerre, pour des journalistes, c'est une situation exceptionnelle…

« *Sauf qu'on n'était pas journaliste de guerre et qu'en plus nous étions complètement isolées.*

Moi, je me suis réfugiée dans les locaux de l'ambassade à manger des rations de survie infectes. Camille, votre mère, habillée de son tchador qui masquait son bec de lièvre ne pouvait sortir qu'accompagnée du chauffeur de l'antenne : au Koweït, à cette époque-là, une femme ne pouvait pas se retrouver seule dans la rue et encore moins conduire un véhicule !

J'ai été évacuée un peu plus tard jusqu'à Ryad et je ne sais pas ce qu'elle est devenue… »

Et Gérard ?

« *Pas revu. Pas plus que l'américain. Totalement volatilisés tous les deux du jour au lendemain. Peut-être tués lors des combats qui* ont suivi, peut-être faits prisonniers et déportés, je n'en ai plus jamais entendu parler.

Mais pour revenir à votre père putatif, j'ignorais l'état de votre mère, mais si c'est un de ces deux zigotos, c'est forcément l'américain. »

Et pour quelle raison ?

« Il venait fréquemment au bureau depuis avant que je n'arrive. Il a même essayé de me draguer assez lourdement, mais lui et Camille s'isolaient parfois dans le bureau du chef d'antenne quand il n'était pas là.

Une fois, nous les avons surpris de retour d'une interview. Enfin… surpris c'est un bien grand mot.

Disons qu'on rentre, on entend des bruits suspects notamment de meubles qu'on déplace et qui craquent en rythme curieux. Ils étaient tous les deux dans ce bureau, mais en tenue tout ce qu'il y a de respectable quand nous sommes allés voir. Notre chef n'a même pas fait une seule remarque et l'américain s'est éclipsé avec un large sourire pendant que votre mère s'est mise à préparer du thé à la menthe.

Elle le faisait très bien.

Je pense qu'ensuite ils se retrouvaient ailleurs, chez elle ou chez lui, mais elle ne m'en a jamais rien dit ni laissé paraître quoi que ce soit.

Il faut dire que l'américain, c'était… comment dire ? Un américain, un peu vulgaire, toujours un humour un peu lourdingue, pénible quoi : déjà à l'époque, ils se prenaient tous pour les maîtres du monde !

Et puis la seule fois où j'ai vu votre mère avec Gérard, c'était au bord de l'autoroute koweïtien. Et cette nuit-là, nous avions utilisé des capotes. »

Chapitre 12ème

Précisions

Est-ce que Gérard et River se connaissaient ?

« *Oui, a n'en pas douter. Dès que notre Gérard est arrivé, votre mère lui a fait visiter la ville et les environs et l'a emmené à l'ambassade pour se signaler. Mais déjà il avait été guidé jusqu'à nos locaux par l'américain. En tout cas, c'est ce qu'il nous affirmé.*

Et puis ils sont allés dîner ou déjeuner avec le Général Ali, le fils d'un frère de l'Émir.

Tous les deux ont d'ailleurs disparu dans les jours qui ont suivi, l'un mort durant la bataille du palais et l'autre, le fils de l'ambassadeur à Doha, retrouvé exécuté à une frontière dans l'est de l'Arabie Saoudite. Bahreïn je crois, ou le Qatar. Je ne me souviens plus.

À mon sens, l'américain faisait aussi « entremetteur » pour entretenir ses bons rapports avec les autorités koweïtiennes, ce qui lui permettait d'avoir des coupe-files pour approcher la famille de l'Émir, se déplacer sans contrainte et faire ses photos pour son journal, le Washington Post. »

Oui, des rapports protégés « *et puis, ce jour-là votre mère était en retard dans ses règles. Elle me l'avait indiquée au déjeuner. Je n'imaginais pas qu'elle puisse être enceinte de vous, parce qu'avec ce climat infernal, on pouvait être déréglées facilement et fréquemment.* »

Ce pouvait-il que son père puisse être une tierce personne ?

« Sans vouloir vous vexer, votre mère était affreusement défigurée avec son bec de lièvre qui la faisait en plus affreusement zozoter. Elle ne me disait pas tout et j'étais sur place depuis moins de temps qu'elle. Mais ce n'était sûrement pas les foules des grandes occasions qui se bousculait auprès d'elle... »
Elle en souffrait, d'ailleurs.

Par conséquent il me faut chercher autour de ce William River.

Je reconnais qu'à un moment, j'avais espéré que ce Gérard Dupont, alias Paul de Bréveuil, ait pu mettre enceinte ma mère : j'aurai compris qu'il ne voulait pas coucher avec sa fille, puisqu'il savait depuis le début de notre collaboration qui est mon père.

En tout cas, c'est ce qu'il affirme.

Et puis ça expliquait aussi qu'un père puisse faire irruption dans la vie bien rangée de sa progéniture pour l'entrainer dans une rocambolesque aventure, que dis-je, plusieurs aventures : les russes et le moine-croisé dans la même semaine[36] !

C'est quand même une paternité plus sympathique qu'un simple photographe de presse, plus ou moins baroudeur.

Je demande donc à Charlotte, la vraie, celle dont le nez bouge de haut en bas quand elle parle, de me faire un petit topo sur cet américain, si le logiciel de la Cisa le lui permet.

Ce qu'elle ne fait pas.

---

[36] Cf. « Les enquêtes de Charlotte », épisode « Alex cherche Charlotte », aux éditions I³

Je ne sais pas si c'est parce qu'elle est en mauvais termes avec la boîte ou si elle est trop préoccupée de l'état de santé d'Aurélie qui ne s'améliore pas.

Je cogne donc à la porte du bureau de Gustave Morthe-de-l'Argentière qui me reçoit gentiment, comme de coutume.

« *Paul m'avait dit que vous viendriez quémander de vous raconter ce que je sais de lui…* »

Oui, certes, mais là pas du tout : ce qui m'intéresse, c'est l'autre, William River.

« *Eh bien, je dois vous dire que je commandais l'escadre française au large de l'Afghanistan dans les opérations anti-El-Qaïda quand j'ai reçu à mon bord une poignée de jeunes officiers pilotes qu'il s'agissait d'aguerrir…* »

Oui, très bien amiral : « *Mais là, je suis venue vous réclamer une faveur…* »

Et laquelle donc ?

« *J'aurai aimé savoir si votre logiciel a quelque chose sur un dénommé William River, un photographe de presse américain des années 90 !* »

Qu'avais-je fait comme boulette ?

Il a bondi de son fauteuil ouvrant toute grande sa bouche comme pour hurler « *Quoi !* »…

Et puis, sans rien dire, il se rassied baisse le regard et s'exprime normalement : « *Cette ordure ! Mais bien sûr que nous avons un dossier sur lui, chargé, même !*

Demandez donc aux filles de vous en dire plus. »

Qu'est-ce que ça voulait dire, cette réaction ?

« *Non, j'ai cru qu'il était revenu…* »

Revenu ?

« *Mais ce n'est pas possible qu'il vous ait croisée, puisqu'il est mort et enterré. Mais il « revient » dans notre orbite tout de même, d'où ma surprise. Demandez donc aussi au groupe des*

garçons, HLM, de vous en dire plus. Ce sont eux qui ont
accompagné Paul à leur dernière entrevue avec ce voyou criminel. »
Criminel ?
Voyou ?
Qu'est-ce qu'il voulait dire, « le vieux » ?

Les filles du groupe ADN racontent comment elles
parviennent à le localiser en Haute-Savoie.
« *Dimitri était déjà en train de tester notre logiciel avec la notion*
de « zombie ». Des personnes qui passent sous l'objectif d'une
caméra de surveillance publique, qui ne laissent pas de trace
électronique et n'ont aucun profil dans la base de données de
BBR. »
J'avais précédemment compris ce « détail ».
« *Ça arrive plusieurs fois par jour.*
C'était suite au dernier attentat contre le patron, celui sur
l'autoroute A 13 en Normandie.
Le boss avait descendu un agresseur qui venait de l'envoyer à
l'hôpital et qui rétrospectivement était un « Z ».
L'agresseur, quand on a réussi à l'identifier, s'était révélé être en
fait un « fiché » recherché un peu partout à travers le monde
comme étant un dangereux tueur à gages.
Je ne sais plus comment on a fait » précise Anaïs, « *mais on*
passait notre temps à l'époque à identifier tous les « Z » qui
résistaient à la machine pour compléter la base de données de la
« sphère de sécurité ». C'est comme ça qu'on est tombé sur ce
citoyen américain qui faisait des déplacements en Suisse et à
Anvers chez les diamantaires depuis la Haute-Savoie. »
Elles croient savoir que le « big-boss », l'actionnaire, le
connaissait déjà.
En revanche, pour la suite, il faut demander à ce dernier
ou au groupe des garçons, les « HLM ».
Ce que j'ai fait.

Eux se souviennent d'avoir été jusque sur les bords du Lac Léman pour « couvrir » le patron.

Celui-ci a eu une discussion avec « la cible » au bar du casino local et puis ils sont allés ensemble chez lui pour le menacer de torture.

« J'avoue que nous n'en menions pas très large : on n'a pas été embauchés pour torturer des inconnus, même ceux que le patron tutoie.

Tout ce qu'on sait, c'est que nous n'avons pas eu à le faire. Car le type a rapidement lâché ce que cherchait le « Boss » et nous l'avons laissé entravé, bâillonné et bien en vie quand nous sommes partis, non sans avoir mis à sac son logement qui a été fouillé de fond en comble. »

Ce qu'ils savent aussi, c'est ce qu'ils ont fait ensuite.

« Nous avons escorté le « Boss » jusqu'en Suisse le lendemain, dans une banque. Le chef est descendu à la salle des coffres, et remonté assez vite et nous sommes allés au consulat koweïtien voisin remettre un coffret qu'il venait d'extraire dudit coffre.

Je me souviens que les fonctionnaires n'en revenaient pas : des milliers et des milliers de diamants de toutes les calibres et toutes tailles… Il y en avait plusieurs litres ! »

Pour savoir d'où venait cette fortune, il faut demander au « Boss ».

Et alors, il n'y a pas eu d'enquête ? Le bonhomme est mort chez lui, tout de même !

« Si, probablement puisqu'il est mort entravé dans la nuit. Mais je pense qu'ils ont cru à un cambriolage. Et puis l'autopsie a conclu à un décès par AVC puisqu'il n'avait aucune blessure létale ni même le moindre gnon. Il faut dire que le gars avait particulièrement bien bu et qu'il était sous traitement pour son hypertension.

Ça ne fait pas bon ménage, ces choses-là. »

Bref, ils auront quand même tué mon père sans le vouloir.

Paul de Bréveuil sera plus précis.

« Premier point, je vous donne la preuve que ce n'est pas moi qui suis votre père, comme vous l'aviez pensé jusque-là, Alexis. Vous ferez une comparaison de test ADN. »

Sur ce, il me donne deux tubes stériles dans lesquels se trouve un petit bâtonnet avec un embout entouré de coton.

Il ouvre le premier, sort la tige et imprègne le bout en coton de sa salive en faisant le tour de ses gencives durant une dizaine de secondes avant de remettre le tout dans le tube qu'il referme et me remet.

« Vous ferez la même chose avec l'autre tube et vous demanderez à Gustave de faire faire un test ADN. »

Il connaissait déjà le résultat…

Ce n'était pas une question, mais une affirmation. Il répond tout de même : *« Bien sûr. Pour la suite, vous demanderez à Gustave d'ouvrir une enquête de recherche de paternité, la seule procédure qui permettra à un juge de faire extraire la dépouille de William River pour des prélèvements. Et vous saurez de façon définitive. »*

Quel intérêt, si c'est déjà « marqué comme ça » ?

« Parce que justement, c'est marqué « comme ça » lorsque je l'ai lu… dans bien des années. »

Toujours ces histoires de « boucles temporelles »…

Ceci dit, ce qui m'importe sur le moment c'est de savoir comment tout cela est arrivé.

« Oh c'est très simple : encore une histoire de « boucles du temps ».

Je suis en Californie pour faire opérer Florence. Nous sommes reçus comme des amis de longue-date par les Harrison Junior, n° 4 et n° 5.

Le junior cinquième du nom s'occupera des parties charnues de la mère de mes gamins quand j'aurai le dos tourné et numéro 4 me fait inviter à une soirée de gala organisé par les Gates.

Moi, à cette époque-là, je veux déjà rencontrer Bill Gates pour lui parler de mes céramiques et de mon tour du monde sans escale en vol extra-atmosphérique que je viens de réaliser avec le prototype « Nivelle 002 » monté en Chine.

Mais ça ne va pas se passer comme ça. »

Paul raconte alors que celle qui assure la « partie musicale » de la soirée est sa première et unique épouse, Emily Lison, un ancien agent dormant du NSA et qu'il se fait alpaguer par River en le nommant « Gérard Dupont ».

« Moi, Dupont, à ce moment-là, je ne connais pas. Lui si et depuis 20 ans. On suppose que se sentant en danger d'être découvert, il est allé chercher jusqu'à Washington un soutien auprès de son administration de référence, ce qu'il n'aurait pas obtenu.

Pendant ce temps-là, je fais mon second saut dans le passé avec mission d'aller au Koweït pour dénouer tout ça.

C'est là-bas que je rencontre votre mère et votre père, que je reconnais dans les rues, alors que lui ne met connaissait pas encore.

Et j'assiste aux premières heures de l'invasion Irakienne.

Là, stupeur : je suis aux premières loges quand le frère de l'Émir organise l'évacuation du Trésor gardé au palais. Un camion de lingots est intercepté et River conduit une semi-remorque de palettes de billets de banque américains, alors que je tente de le rattraper avec la teuf-teuf de l'antenne de l'AFP, avec seulement une palette entière contenant environ un milliard de dollars en billet de 100.

Lui se débarrasse du Frère de l'Émir, un crime qui sera attribué aux irakiens durant la bagarre qui fait rage autour du palais et il file vers le sud.

Moi, j'embarque le général Ali, le fils de l'ambassadeur de l'émirat à Doha, et on rattrape William à la frontière d'avec Amana. Il tue le général Ali et reprend sa fuite non sans m'avoir tiré dessus. J'essaye de l'arrêter, mais ce n'est pas avec un malheureux 11,43 qu'on crève les pneus de la remorque et du coup je file à Doha où je remets mon chargement à l'ambassade.

Et je rentre pour me retrouver cocu[37]... »

Je ne comprends rien à toute cette histoire, mais ça correspond à peu près à ce que j'ai lu sur le bog d'I-Cube.

Comme quoi, celui-là, pour toutes les raisons que l'on sait, ne raconte pas que des carabistouilles.

---

[37] Cf. « Les enquêtes de Charlotte », épisode « Laudato sì », à paraître aux éditions I[3]

Chapitre 13ème

Isabelle Nivelle

Par la suite, Paul en fera un rapport à Harrison junior n° 4. Ce dernier est accompagné d'un procureur fédéral qui enquête sur de supposées malversations des autorités en matière de « fonds secrets » fédéraux : plus de 40 milliards ont disparu du Koweït à ce moment-là, en comptant la restitution par l'Irak des 8 milliards de lingots interceptés.

Chaque lingot est numéroté et on sait tout de chacun d'entre eux depuis le moment où ils sont fabriqués jusqu'au moment où ils apparaissent à la vente sur les marchés.

Même en les refondant avec une nouvelle identité, ils sont invendables, puisque sans histoire antérieure, ça les rend « suspects ».

Un billet, il y en a tellement, même s'il a un numéro unique, il est plus difficile de reconstituer sa vie, puisqu'il n'existe pas de registre de toutes les transactions auxquelles il aura participé.

Or, comme River est mentionné par Paul, ce procureur part enquêter jusqu'à Hong-Kong où il a le siège de ses intérêts dans la culture des perles, alors qu'il habite Hawaï, là où il a commencé à bâtir sa fortune, et où il vient de faire un aller et retour.

Le procureur meurt dans la baignoire de son hôtel de ce qui semble être un arrêt cardiaque.

Un peu avant, l'hôtel-restaurant « Chez Charles » en Normandie, est victime d'une équipe de saboteurs qui se retrouve confrontée à un premier tueur à gages lancé aux trousses de Paul, qui se fait tuer à l'occasion d'un repérage, Paul n'étant attendu que dans la nuit.

Junior n° 4 est victime à son tour et à Londres d'un second tueur.

« Un truc assez bien fait. Un complice qui sera identifiée plus tard comme la sœur jumelle du tueur, tire un missile sur les bureaux des Harrison depuis la rive opposée de la Tamise. J'ai nettement vu la trace des gaz d'échappement. L'objectif et de faire évacuer le building.

Et sur le trottoir au pied de l'immeuble, attend le véritable assassin.

Qui abat sa cible et que je course dans le métro londonien, où il se fera finalement « démonter » par la police à la station Westminster.

Plus tard, je retrouve sa sœur jumelle au pied de mon bunker qui vient déjà de lâcher plusieurs salves sur ma carcasse. Et le lien entre ces quatre attentats, ça reste River qui a embauché tout ce joli monde depuis HK pour nous liquider : il était lié de près ou de loin aux triades et la pègre locale. »

Et puis, il y a eu l'attentat sur l'A13.

« Franchement, au lieu de se planquer, il a cherché à effacer de toutes les mémoires les témoins directs et indirects de ses exactions criminelles.

Désolé, Alex, mais votre géniteur a basculé dans le crime quand il a volé 40 milliards de dollar aux Koweïtiens et gardé les pierres précieuses pour lui… »

Avec lesquelles il a bâti sa fortune dans le pacifique.

« Géniteur », c'est ça le terme. Pas papa, ni père, géniteur !

De toute façon, j'ai vécu toute ma vie sans la présence de mes parents : ni mère, ni père.

La première décédée de façon prématurée, le second n'ayant jamais existé.

C'est peut-être pour ça que je reste un peu une asociale, ayant toujours redouté la présence d'un homme à demeure dans ma vie sentimentale.

Peut-être…

« On fait quoi, maintenant ? »

Paul me rappelle ma mission.

« Premièrement, vous faites l'analyse ADN avec les échantillons que vous avez, et vous vous démerdez pour la dépouille de River. Je vous préviens, ça demande du temps, mais au bout du compte, ça va vous permettre de récupérer ses sites de cultures perlières actuellement cogérées par une de ses épouses sur place au nom des enfants de William, ceux qu'elle lui a fait, vos demi-frères et sœurs, mais vous aussi qu'elle n'a pas faite. Ça devrait vous motiver.

Deuxièmement, vous me proposez un manuscrit de ce que vous avez vécu jusque-là en ma compagnie, depuis le premier jour. Notez que I-cube en a déjà préparé un bout qui va mettre en ligne au mois d'août prochain.

Troisièmement, vous rencontrez le « gardien » de I-Cube et vous vous arrangez avec lui pour publier rapidement un résumé acceptable de l'ensemble.

Attention, je censure tout ce qui est hors sujet pour être trop personnel.

N'en faites pas trop, s'il vous plait Alexis.

Et nous aurons chacun remplit notre part du contrat. »

Une collaboration qui s'arrête là, ensuite ?

« Non pas du tout… Vous allez avoir du travail pour la suite, figurez-vous. »

De quoi veut-il parler ?

« *Vos histoires personnelles, votre travail de recherche sur archives. I-Cube, et je crois que le seul à l'avoir vu jusque-là, c'est Gustave.*

Vous, vous verrez aussi son « gardien » et il sera d'accord, à trois, pour que vous publiez les « volumes manquants » dans la collection. »

C'est quoi les « manquants » de la collection ?

« *Toutes les références « à paraître » que vous fera rajouter I-Cube. Pour cela, votre travail d'enquête est loin d'être terminé !* »

S'il le dit… c'est qu'il l'a déjà lu !

Il faut s'y faire.

Je poursuis donc mes « vagabondages » jusqu'avenue Foch, là où demeure Isabelle Nivelle, une des femmes qui aura compté dans la carrière de Paul de Bréveuil.

Une très belle dame, beaucoup de classe, dotée d'un long cou et jolies mains effilées, qui porte bien sur elle la cinquantaine dépassée, une voix posée et fluette qui vit entre un grand appartement avec terrasse sur la célèbre avenue qui descend de la Place Charles-de-Gaulle vers le bois de Boulogne, ses contre-allées et sa vaste chaussée principale. Et jusqu'à « son usine » située en Ardèche, en périphérie d'Aubenas, petite ville de province, nichée dans la vallée de l'Ardèche.

En fait, on dit « Aubenas », mais l'usine est située sur une des communes voisines, encastrée sur des terrains inondables et vides de toute habitation ou presque.

Il se trouve que j'y suis allée parce que Madame Nivelle n'est pas souvent présente à Paris à ce moment-là.

C'est six heures et demi de route (par l'autoroute du sud), quand ça roule, c'est entre quatre heures et demi et cinq heures par le train avec une ou deux correspondances seulement selon l'heure : pas très commode, mais ça vaut le déplacement.

Les enquêtes de Charlotte

Non pas pour visiter une plaine envahie par les mauvaises herbes depuis que les bâtiments ont été quasiment abandonnés, vide d'activité autre que la fabrication et l'expédition des « enduits-spéciaux » de la maison Nivelle, mais parce que la « maison de maître » est une grande bâtisse accrochée sur le relief, entourée d'arbres centenaires du meilleur effet et joliment aménagée.

J'y découvre Isabelle et sa mère, alitée et hospitalisée « à domicile ». Elle souffre d'un cancer du pancréas qui l'empêche de vivre normalement.

Elle est affreusement maigre pour ne rien pouvoir avaler. Quand elle boit pour prendre ses médicaments, elle vomit. Pire encore avec la nourriture ou les nutriments vendus en petits bidons (et divers parfums) : à la seconde gorgée, elle fait des efforts intenses pour garder ce qui lui sert d'aliment.

Et puis souvent, elle a tellement mal au ventre qu'elle se précipite pour évacuer des selles liquides et noires, quelques goûtes seulement.

On lui a fait un drainage du foie qui s'est déréglé sous les chimios successives et parfois elle a le teint jaunâtre.

Elle a le ventre gonflé et les jambes dans un sale état, prises dans un œdème flagrant.

Et on la voit parfois assise dans son fauteuil, le visage se crisper sous la douleur, devenir blême. Parfois ça passe en quelques minutes, parfois elle va s'allonger armée de couvertures chauffantes.

Et les infirmières et aides-soignantes se succèdent à son chevet, pour les soins, pour la toilette quand les ambulanciers ne l'emmènent pas sur une civière jusqu'à l'hôpital le plus proche pour une séance de chimio ou une intervention d'urgence, parce qu'elle fait aussi des accès de fièvre : pas vraiment en bon état, la dame.

Les kinésithérapeutes passent une fois par jour pour la masser, les jambes, le dos, le ventre et une pédicure lui fait des soins une fois par semaine : le seul moment où elle sourit de plaisir !

Manifestement un délice de se faire limer les ongles des pieds…

Un enfer qui lui gâche ses derniers jours qu'elle sait proches, et met en émoi sa fille unique.

Isabelle qui ne l'intègre pas encore.

Madame Mère est née Tolignac, une famille de la région. Elle a épousé un Nivelle, Georges, une autre famille de la région. Mais contrairement à ce que je croyais – et que tout le monde croit encore – ce Nivelle-là n'a rien à voir avec la famille du général chargé de la défense de Verdun avant d'avoir été relevé de ses fonctions pour être remplacé par Philippe Pétain à ce poste.

Les Nivelle s'appelaient « Nivellac ». L'arrière-grand père a fait fortune en fournissant « des quarts, des gamelles et des bidons » et quelques « roulottes » à tambouille pour la troupe de Napoléon III.

Avant, c'était une famille qui faisait dans la culture du mûrier à soie.

Et c'est justement à l'occasion de la « grande-guerre » que le grand-père, blessé au front, s'est reconverti dans la fabrication de munitions de tous calibres pour l'armée française. Pour avoir quelques marchés, il a « transformé » son nom en Nivelle. Et c'est resté.

La mère d'Isabelle, quand elle ne dort pas, elle souffre, mais elle est extrêmement bavarde… se remémorant ses souvenirs de jeunesse et ceux de sa famille, des fonctionnaires de province.

Je l'aurai accompagnée, un peu, pour formaliser tout ça : pour résumé, elle a eu trois vies. Celle de son enfance, angoissée par les annonces du front. Son mariage avec Georges et sa fille unique, son grand-bonheur. Puis son long veuvage à épauler sa fille unique dans la gestion des affaires de famille.

Et désormais son lit de souffrances, la quatrième vie inattendue qui se terminera sous l'effet de la morphine ou des antalgiques associés, codéine et Tramadol, de puissants antalgiques qui détruisent son organisme, affaiblissent les fonctions cardiaques, rénales et hépatiques, la rendent amorphe et provoquent des cauchemars où « d'horribles monstres » l'assaillent durant ses nuits. Des épisodes où d'épouvantables Gorgones hideuses l'assaillent sans répit.

Une dernière fois, elle sera hospitalisée en « maison palliative », où elle finira inconsciente en une poignée de jours, sous l'effet d'une dose de Pentobarbital, ce qu'elle souhaitait, convaincue qu'elle en avait assez expié, assez souffert comme ça, sans espoir de rémission durable.

C'est un barbiturique, il peut être utilisé dans l'anesthésie ou comme somnifère.

En principe, le protocole demande à recueillir « le consentement » du patient : on administre par voie orale ou intraveineuse un barbiturique quelconque, qui va permettre d'anesthésier le patient, du Pentobarbitural de sodium ou du Thiopental sodique, par exemple.

Cette étape va permettre au patient en fin de vie de basculer dans l'inconscience.

Il déprime le système nerveux central (mise en veille du cerveau) entraîne une hypotonie musculaire (ralentissement des mouvements) et provoque une dépression respiratoire (ralentissement des mouvements respiratoires).
Cette injection, peut elle-même, conduire à la mort du patient.

Néanmoins, si tel n'est pas le cas on procède à l'administration (par injection en général) d'un paralysant neuro-musculaire tel que le bromure de pancuronium. Il est destiné à paralyser les muscles.
Enfin, la troisième et dernière injection possible (mais elle est toutefois proscrite), est une technique bien connue utilisée pour la mise à mort des condamnés aux États-Unis, qui consiste à injecter du chlorure de potassium, provoquant ainsi un arrêt cardiaque.
Toutefois, c'est une technique proscrite pour les euthanasies actives, puisque douloureuse.
Elle n'aura pas été jusque-là et est partie en pleine nuit, désormais apaisée… pour l'éternité.
Après tout, c'est ce qu'elle souhaitait, n'en pouvant plus supporter d'être torturée par son crabe inopérable.

Isabelle également a eu trois vies. Jusque-là.
Une enfance insouciante entourée de nurses et gouvernantes à Paris, des vacances passées auprès de son père beaucoup plus âgé en Ardèche, « mort prématurément d'un rhume à l'âge avancé d'un nonagénaire »… mais à Paris.
Adolescente, elle hérite de l'usine de poudre : un bon parti pour la région, d'autant qu'elle voyait vraiment comme ça son avenir. Mais elle a fait face bien entourée par les équipes de son père et conseillée par sa mère et

se marie une première fois avec un « fils à papa » de la capitale rencontrée dans un « bal de promotion » à Versailles.

Ils mettent au monde Sophie, leur fille, avant de divorcer « à l'amiable » pour « incompatibilité (durable) d'humeur ».

C'est sur le tard qu'elle s'est remariée avec un bel ingénieur chimiste, célibataire, embauché quelques mois seulement auparavant à l'usine.

« *J'ai succombé. Il avait un culot monstre… Je me suis laissée faire !* »

Hélas, celui-ci préférait également la vie parisienne des dandys argentés de province à celle qui s'ouvrait à lui sur les bords de l'Ardèche…

« *Paul m'a été présenté par un de nos actionnaires minoritaires. Présenté… pas vraiment ! Imposé, plutôt. Il faut dire qu'à ce moment-là, l'usine ne fonctionnait pas très bien faute d'un patron à poigne et j'ai été obligée de mettre en place plusieurs plans sociaux que je souhaitais être les plus légers possibles, usant des mises en pré-retraite au lieu de faire des licenciements secs. De toute façon, à l'époque, au-delà de 10 d'un coup, on se prenait les inspecteurs du travail sur le dos… »*

Or, l'usine a connu plusieurs accidents : rien n'était vraiment aux normes. Une inspection des services aurait été une catastrophe…

« *Paul y a remis bon ordre avec des financements surprises de la part de nos minoritaires et a lancé l'activité « missile ». Ça consistait en des mélanges de poudres « non explosives ». Un vrai bol d'air qu'avait toujours refusé de faire mon père.*

D'ailleurs, la vraie mission de Paul, c'était de démasquer une taupe dans nos murs.

J'étais en première ligne et étais soupçonnée sans que je ne m'en doute : les dossiers techniques des appels d'offre du ministère des armées « fuitaient » jusqu'en Israël. Une filière d'espionnage qui passait par la Suisse. »

Ou l'Espagne elle ne se souvient plus très bien : les pages noires de son histoire.

En réalité, c'était son nouveau mari qui vendait des copies de ces dossiers pour se faire un peu de menue-monnaie à vivre avenue Foch et financer ainsi ses « extras » campant dans les contre-allées et sa dope[38].

Charmant…

« Le jour où il devait se faire arrêter par les gendarmes, il y a eu une course-poursuite, il a perdu le contrôle de sa voiture et a plongé dans les gorges de l'Ardèche. J'ai repris mon nom de jeune-fille et j'ai fait des pieds et des mains pour garder Paul.
C'était un choix judicieux… »

Paul en dira qu'en réalité, il s'est fait embaucher par une filiale du groupe EADS alors en constitution pour booster l'usine et démultiplier les productions : *« on cherchait à doper les fournisseurs dans les états-majors de la grande boutique. »*

À l'époque, il venait de créer « CAP Investigations » avec Charlotte et Aurélie et ils cherchaient des missions.

« On s'est fait remarquer avec quelques enquêtes difficiles sur lesquelles pataugeaient un peu la police judiciaire. »

Et puis c'était un officier de la marine, habilité-défense.

J'en avais entendu parler lors de mes entretiens avec Scorff.

« Là, c'était l'alibi rêvé : le contre-espionnage cherchait la source des fuites sur des dossiers confidentiels. Il y avait plusieurs pistes possibles et j'ai été « détaché » sur le site perdu au fond de l'Ardèche, là où personne ne voulait aller.

[38] Cf. « Les enquêtes de Charlotte », épisode « Ardéchoise, cœur fidèle », à paraître aux éditions I³

Je n'ai pas été long à comprendre que ça ne pouvait pas venir d'Isabelle ni des quelques ingénieurs de son équipe. Le seul qui vivait nettement au-dessus de ses moyens officiels, c'était bien son mari. Il a suffi de le piéger… »

Je n'ai su comment que par la suite, mais j'en ferai un petit volume « d'inédit », parmi les « manquants[39] ».

---

[39] Cf. « Les enquêtes de Charlotte », épisode « Ardéchoise, cœur fidèle », à paraître aux éditions I³

Chapitre 14ème

À suivre…

« L'argent et la confiance rétablie, ça alors été très simple de remettre les gens au travail et de faire tourner rond la boutique d'Isabelle. Je devais passer à autre chose ensuite, mais je suis resté. Ce que femme veut, Dieu le veut, dit-on.
J'en ai profité pour lancer l'activité « céramique » réfractaire et faire mes prototypes hypersoniques. »
Et puis, de ce que j'en ai compris, les « minoritaires » l'ont débarqué pour reprendre ledit prototype « Nivelle 001 » et ont fini par fermer l'essentiel du site.
« Oui, mais on va le reprendre pour le faire renaître et redonner du travail dans la vallée avec le « Nivelle 003 », l'avion-orbitale pour compléter mon projet des Chagos. »
Le « double-zéro-trois » il m'en a parlé et reparlé durant mon séjour aux Îles-Chagos, à Pâques 2019, alors que la cathédral de Paris flambait. Je dois avouer que si le séjour était très agréable, je n'ai pas compris grand-chose à ce qu'on tentait de m'expliquer.

J'avais surtout hâte de rentrer prendre contact avec « le gardien », Flibustier20260 afin d'obtenir l'autorisation de reprendre ce qui existe déjà, de le mettre en forme, de le faire valider par tous ces personnages afin de pouvoir l'éditer, ma mission originelle…
C'est sur une idée de Paul que finalement nous optons pour la plateforme offerte par Amazon. Le « gardien »

s'y était déjà essayé, mais ne maîtrisant pas vraiment les canons de l'édition et ça l'avait découragé.

Quant à la recherche d'un éditeur « indépendant » qui veuille bien prendre en charge les ouvrages de la série, I-Cube soi-même a été écœuré par son premier essai.

Là, je collectais, remettais en forme et dès que j'ai eu le feu vert, j'ai fait mettre en ligne un premier manuscrit, plus la suite inédite du volume « Alex cherche Charlotte », puis « Parcours olympiques » et enfin, avec retard, « Mains invisibles », puis le tome II en préparation et ainsi de suite.

Tout en tenant ce « journal » de mes pérégrinations et rencontres.

I-Cube lui-même nous a mis en retard avec le décès de sa propre mère, atteinte de la même maladie que la mère d'Isabelle Nivelle, avec les mêmes conséquences chronophages.

Question cancer, Charlotte sera opérée d'un cancer du rein, comme I-Cube et Haddock (que je n'ai pas pu rencontrer) et Flibustier est actuellement traité pour un cancer de l'œsophage qui lui fait des « nœuds » dans la gorge.

Il en ira tout autant, mais plus tard, pour Christophe Scorff, miné par son cancer des os !

Une véritable épidémie.

Une maladie qui s'attaque à un organe quelconque mais fragile et indispensable avec les propres cellules du sujet malade.

Ce n'est même pas viral, ni microbien ou accidentel, ça semble inhérent aux organismes « en bonne santé ». Et l'organisme ne peut rien faire pour se défendre contre lui-même : les limites du miracle de la vie, en somme.

D'autant que les causes ou les raisons de déclenchement restent toujours un mystère pour la science.

Oui, certes, on sait les comportements et molécules cancérogènes, mais un fumeur peut très bien ne jamais développer de tumeur alors qu'un non-fumeur peut trépasser d'un cancer des poumons ou de la trachée.

Les seins sont également tumoraux pour être des boules de graisse et de glandes inactives, même chez les hommes, sans contamination spéciale, même si l'on sait que pour des organes plus délicats comme la thyroïde, la présence d'iode radioactive est un facteur déclenchant indéniable.

Une saloperie mondiale de maladie.

C'est ainsi que va la vie, limitée par elle-même, en quelle que sorte.

Une maladie qui fait souffrir, mais en général, quand ça arrive, il est déjà trop tard : l'adénome aura pris trop de place, détraquant les délicats mécanismes des autres organes proches et si celui-ci est très vascularisé, les risques de métastase sont importants.

Pour l'éviter, quand la maladie est prise à temps, j'ai cru comprendre que les traitements visent à réduire la taille des tumeurs et en tout cas, quand ce n'est pas possible, à « dessécher » le cancer, le priver de nutriment, l'empoisonner, l'irradier.

Sans ça, on coupe, on retire ce qui peut l'être, ce qui n'est pas le cas des métastases qui se répartissent un peu partout où elles peuvent s'implanter, « s'accrocher », véhiculées grâce à la circulation sanguine.

Un médecin vous expliquera ça beaucoup mieux que je ne peux le faire.

Pour bien faire, on devrait toutes et tous se faire dépister : or, c'est cher… et ça n'a pas toujours été techniquement possible.

Les « Pet-scans » (ou tomographes par émission de positons) ne sont disponibles que depuis les années 2000. Une technique qui repose sur le principe général de la scintigraphie et qui consiste à injecter un traceur dont on connaît le comportement et les propriétés biologiques pour obtenir une image du fonctionnement d'un organe ou la présence d'une cible moléculaire. Ce traceur est marqué par un atome radioactif (carbone, fluor, azote, oxygène…) qui émet des positons (de l'antimatière) dont l'annihilation produit deux photons.

C'est la détection en coïncidence de ces photons qui permet la localisation du lieu de leur émission et donc la concentration du traceur en chaque point de l'organe. Et c'est cette information quantitative que l'on représente sous la forme d'une image en trois dimensions faisant apparaître en couleurs les zones de forte concentration du traceur.

Le positon, si j'ai bien compris, c'est l'antiparticule associée à l'électron. Il possède une charge électrique de + 1 charge élémentaire (contre − 1 pour l'électron), de même spin et la même masse que l'électron.

C'est lui qui scintille…

Une des retombées de la recherche nucléaire fondamentale : merci à la bombe atomique !

Et les tumeurs cancéreuses se trahissent par leur appétit vorace pour le glucose dont elles ont besoin pour assurer leur croissance.

Du coup, hors examen « à froid », quand on détecte un cancer par des signes cliniques, et il alors est souvent bien trop tard.

D'où l'intérêt des campagnes de dépistage systématique.

Un dernier trimestre 2019 par conséquent très perturbé par des inopportunités et contrariétés nombreuses : je dois suivre mon « Charlotte » dans ses voyages quand nous devons retourner à Londres puis en Écosse, mais également dans l'Océan Indien quand le président Makarond décide de faire une visite à Mayotte et à La Réunion.

Là, c'est une des conséquences du rapport de la procureure Trois-Dom.

Mais pas seulement…

En l'occurrence, il ne se déplace pas pour rien en cette fin du mois d'octobre : il fait un détour passé inaperçu chez Paul de Bréveuil où la piste est enfin ouverte aux avions moyen-courriers.

C'est d'ailleurs un des premiers « visiteurs » à l'utiliser.

Une visite qui fait elle-même suite à ses entretiens de l'été avec le président russe au fort Brégançon en amont du G7 de Biarritz.

Je n'y étais pas, en ce mois d'août-là, mais il semble que Paul, renseigné par Gustave Morthe-de-l'Argentière, toujours au courant de tout dans les « sphères de sécurité » qu'il persiste à animer avec sa fille à la Cisa, ait été vilipendé par le russe.

Et réciproquement, alors qu'officiellement le séjour du russe se serait bien passé !

Car c'est tombé sur le carafon du président Makarond entre la poire et le fromage sans crier gare.

Grosse colère du français…

Qui aura répliqué avec l'épisode de l'incendie de Notre-Dame-de-Paris !

À moins que ce soit l'inverse.

Un beau méli-mélo à huis-clos.

Du coup s'est fait « briefer » de façon plus approfondie sur les activités de Paul.

Qui l'aura alors invité à visiter ses installations dans l'océan indien…

D'où cette visite officielle dans ces départements ultra-marins.

Plus fort, I-Cube dont la santé semble faiblir, me fait savoir qu'il souhaite me mettre en ligne l'été prochain, renonçant à le faire lui-même alors qu'il devait initialement reprendre mes rajouts inédits de « Alex cherche Charlotte », mon premier « reportage ».

Qui par la force des choses resteront cantonnés dans la version « éditée/brochée » chez Amazon, même si j'en reprends une petite partie dans le présent opus.

Je ne sais pas si c'est une bonne idée, mais comme Paul me dit de lui laisser croire que c'est encore lui qui décide, je me mets, en plus des « histoires manquantes » issues de mes interviews, de la reprise des volumes déjà en ligne, à écrire ce texte.

Et puis, revenant sur sa parole, il me fait dire qu'il le fera lui-même !

Enfin, dans une dernière étape, il décide finalement souhaiter avoir une douzaine de posts à mettre en ligne fin février…

Or, dans 12 billets au « format 2.500 mots », il n'est pas possible de rapporter la même chose que dans une trentaine.

J'en fais finalement une quatorzaine…

« Ce n'est pas grave. De toute façon il faut que ce soit écrit, vous le savez bien, et édité. Vous le ferez dans l'ordre que vous voulez

Alexis. Ce qui compte, c'est que je puisse les retrouver… plus tard ! »

L'ordre que je veux, tu parles Charles…

C'est encore le Flibustier20260 qui me fait faire comme ils ont décidé, lui et I-Cube.

À savoir que I-Cube a besoin de « faire vivre » son blog (qui pourtant perd en audience même s'il s'internationalise probablement) et souhaite « s'arrêter » quelques jours début mars 2020.

Peut-être veut-il prendre du recul.

Ou des vacances.

Ou il faut qu'il se soigne, j'ignore ce détail…

En bref, il est indisponible une bonne quinzaine à ce moment-là et aimerait quelques billets pour compléter « les trous » qu'il y aura dans ses rubriques quotidiennes sans intérêt.

Enfin, c'est mon point de vue.

D'ailleurs, il ne censurera pas cet avis-là.

Alors, je suis mise à contribution pour le suppléer et propose ce texte.

Un travail de dingue qui se rajoute à tout le reste, d'autant qu'il faut faire vite, vite et bien. D'un autre côté, j'ai déjà de la matière prête à usage.

Et ça me convient assez bien : j'ai déjà pu reprendre l'été dernier les premiers chapitres du volume « Alex cherche Charlotte » et ai su rajouter une trentaine de chapitres qui étaient originellement promis à « mise en ligne » durant l'été 2020.

En avance sur ce calendrier, le volume complet – quelques 630 pages tout de même… – j'ai su le mettre à disposition chez Amazon.

Avec un peu de chance, je réitère « ce coup-là » avec ce petit opus, nettement plus court et plus abordable à la lecture (30.500 mots seulement).

L'objectif que me demande d'atteindre Paul, c'est que ce soit moi qui propose au « Gardien » le prochain texte de l'été.

I-Cube n'aura plus qu'à prendre sa retraite : il a trouvé un « nègre » qu'il ne paye même pas et Paul aura sa biographie… plus tard, comme souhaité !

Voilà la raison pour laquelle ce récit s'arrête là…

Bien sûr, il a une suite qui se nommera « Dans le sillage de Charlotte[40] » que j'ai déjà entamé en plus que de reprendre les volumes passés et de m'atteler sur « les manquants ». Un volume où il faut que je narre nos voyages successifs et surtout le développement de ce qui se passe, en ce moment, au premier semestre 2020.

C'est dense, car il s'en est passées des choses restées inconnues du grand-public.

Passionnant même : « mon Charlotte » n'en fait qu'à sa tête et m'aura entraînée dans des situations inattendues à bien des égards.

J'aime bien finalement…

Alexis Dubois c/o Flibustier20260

---

[40] Cf. « Les enquêtes de Charlotte », épisode « Dans le sillage de Charlotte », à paraître aux éditions I³

Sommaire

Chapitre 1er : Je reprends mon récit… 4

Chapitre 2ème : Comment débute un incendie ? 13

Chapitre 3ème : Plus rien de sera jamais comme avant 22

Chapitre 4ème : Mylène et le « New-Vox »… 30

Chapitre 5ème : Florence et ses mômes… 39

Chapitre 6ème : Les histoires de gros-sous 49

Chapitre 7ème : La juge Trois-dom 58

Chapitre 8ème : Nouvelle piste à suivre 67

Chapitre 9ème : Christophe Scorff 74

Chapitre 10ème : Charlotte Maltorne 82

Chapitre 11ème : Mon père, William River… 90

Chapitre 12ème : Précisions 98

Chapitre 13ème : Isabelle Nivelle 106

Chapitre 14ème : À suivre… 117

*　*

*

Printed in Great Britain
by Amazon